영화구경

영화 구경

발행일	2015년 11월 9일

지은이   김 종 민
펴낸이   손 형 국
펴낸곳   (주)북랩
편집인   선일영   편집   서대종, 이소현, 김아름, 권유선, 김성신
디자인   이현수, 신혜림, 윤미리내, 임혜수   제작   박기성, 황동현, 구성우
마케팅   김회란, 박진관
출판등록 2004. 12. 1(제2012-000051호)
주소   서울시 금천구 가산디지털 1로 168, 우림라이온스밸리 B동 B113, 114호
홈페이지 www.book.co.kr
전화번호 (02)2026-5777   팩스   (02)2026-5747

ISBN   979-11-5585-799-1 03810(종이책)   979-11-5585-800-4 05810(전자책)

이 도서의 국립중앙도서관 출판예정도서목록(CIP)은 서지정보유통지원시스템 홈페이지(http://seoji.nl.go.kr)와
국가자료공동목록시스템(http://www.nl.go.kr/kolisnet)에서 이용하실 수 있습니다.
(CIP제어번호 : CIP2015029760)

성공한 사람들은 예외없이 기개가 남다르다고 합니다.
어려움에도 꺾이지 않았던 당신의 의기를 책에 담아보지 않으시렵니까?
책으로 펴내고 싶은 원고를 메일(book@book.co.kr)로 보내주세요.
성공출판의 파트너 북랩이 함께하겠습니다.

김 종 민 자 전 칼 럼

영화구경

북랩 book Lab

프롤로그

....

　인생은 한 편의 영화구경과도 같다. 영화 속 주인공을 부러워하면서 영화구경을 하다가 종영이 되면 모두가 일어나 삶의 제자리로 돌아간다. 그 날에 열 살 남짓한 종민이의 마음 설레던 영화구경이 어느새 칠순이 넘은 종민이의 인생영화 종영이 가까워져 오고 있으니 이제 일어나 종민이가 돌아갈 제자리는 어디일까?

　다시 한 번 설레는 마음으로 엉뚱한 상상을 해 본다. "어디 끝나지 않는 영화구경은 없을까?" 그리고 나름 이제 끝나지 않는 영화의 예고편을 본 듯하여 그 영화를 다른 이에게도 소개하고 싶다.

유턴 없는 인생의 길목에서 내 삶에 나를 나 되게 한 인연의 흔적을 되짚어본다. 때로는 꽤 흥행한 영화였고 혹은 후회스럽고 혹은 다행이었으며 혹은 그리워지기도 하는 그런 일, 저런 일들을….

그것들은 더불어 살아가는 세상살이에서 사랑하고, 배려하고, 섬기고, 포용해야 할 이유를 내게 가르쳐 준 삶의 깃대였다. 그 깃대는 나의 올챙이 시절을 잊지 않게 하였으며 일상에서 만난 모든 이웃을 역지사지易地思之의 입장에서 나보다 우선하여 섬기고자 나름 노력하게 하였고 우연히 스친 옷깃도 소중한 인연으로 새기고 작지만 낮은 마음의 울타리 안에 행복의 자산으로 차곡차곡 채우며 살게 하였다.

그런데도 너무나도 부족한 70평생이었음을 고백한다. 이제 여생이 초조해지는 시점에서 보이는 것은 보이는 대로 있는 것은 있는 대로 숨길 것도 보탤 것도 없이 용기를 내어 자락이 긴 체면의 옷을 벗었다. 부디 변명이나 자랑으로 오해되지 않기를 바란다. 그러나 한없이 부끄럽고 부끄럽다.

．．．

갈수록 '갑질' 문제가 대두되는 사회 속에서 스스로 '을인철
학乙人哲學'으로 '갑보다 을'을 선택해서 살아온 저자의 세계가 몇
몇 사람이라도 참고가 되고 유익이 될 수 있기를 소원한다.

창밖에는 또 한 편의 영화가 돌아가는 필름 소리를 내고
있다.

contents

프롤로그 · 04

1.   7살짜리 피란민 – 10대 이전 · 12

2.   영화구경 – 10대 초반 · 28

3.   콩청태의 교훈 – 10대 중반 · 42

4.   꼬마 노름꾼의 비밀 – 10대 중반 · 52

5.   메밀묵사발 – 10대 후반 · 64

6.   그땐 그랬다 – 10대 말 · 72

7.   면회 – 20대 초반 · 80

8.   누구든지 날 한 번만 써봐라! – 20대 후반~30대 · 92

9. 우리가 되는 한솥밥 원리 – 40대 초반 이후 • 122

10. 청학대 유감 – 40대 중반 이후 • 132

11. 탐석과 건강 – 50대 이후 • 142

12. 엔도르핀 거저먹기 – 50대 후반 • 160

13. 전무님도 맛이 갔구먼요 – 60대 이후 • 180

14. 하나님 전상서 – 70대 이후 • 232

에필로그 올챙이가 놀던 우물가 이야기 • 238

김종민
자전칼럼

1

7살짜리 피란민 - 10대 이전

내가 일곱 살 되던 해 여름 어느 평화로운 일요일, 전쟁이 일어났다. 이른바 6·25전쟁이다. 너무 어린 시절의 대사건이었지만 마치 약간 긴 꿈을 꾼 것마냥 기억이 새록이 난다. 해방이 된 지 5년밖에 안 된 시점이다.

우리 가족은 일제강점기 때 본의 아니게 공직에 계셨던 아버지 덕에 좀 윤택한 생활을 하였던 것 같다. 사랑채엔 일하는 아저씨(당시 머슴이라고 불렀다)가 기거하고 있었고 헛간 옆엔 소

우리가 있었고 그 옆이 광(창고)이 있었는데 광문을 열면 서늘한 기운과 함께 여러 가지 독(그릇)이 있었고 엿이며 떡이며 북어, 오징어 같은 게 꽤 많이 있어서 곡식 냄새, 약간 비린 냄새 등이 어우러진 풍성한 냄새가 마음을 흐뭇하게 했던 것 같다.

집엔 언제나 밥하는 누나(당시 식모라고 불렀다)가 같이 놀아주기도 했었다. 그러던 중, 6·25전쟁이 났던 것 같다. 한 참 녹음방초가 무성한 무더운 여름날, 며칠 전부터 어른들이 부산하게 움직이고 술렁술렁하더니만 어느 날 온 식구가 이른 아침부터 보따리를 하나씩 싸느라 분주하고 내 등에도 어른 베개만 한 괴나리봇짐 한 개를 멜빵을 만들어 짊어져 주는 것이었다.

난 이제 일곱 살 된 어린 나이지만 큰형이 16~17세가량이고 바로 위의 형이 10살, 아래 동생이 4살 여자아이, 그리고 어머니는 마흔두 살에 만삭의 막내를 갖고 계셨고 아버지는 쉰두 살이셨다.

다른 사람의 보따리는 모르겠는데 내 것은 아마 미숫가루였던 것으로 기억된다. 아침을 먹고 나니 이제 아마 보따리 하나씩을 짊어지고 피란길에 오르는 모양이었다. 온 식구가 대문을 나서니 온 동네 사람들이 각자 제 식구들끼리 구미, 구미 우리와 같은 행색으로 큰 행길로 나오는 것이었다.

어디선가 가끔씩 '쿵쿵' 하는 소리(대포)가 들려오고….

우리도 동네 사람들의 틈에 끼어 행길을 따라 걷기 시작하였다. 지금 생각하니 3㎞ 남짓한 주래 장터를 거처 남쪽(충청북도) '마이산'과 '죽림산' 옆 고개를 넘어 삼성(충북) 쪽으로 간 거 같다. 큰 전쟁이 나서 피란길을 가는 것이니 어른들은 얼마나 마음이 착잡하고 불안했겠는가?

그러나 난 많은 사람들이 옷을 온통 형형색색으로 입고 마치 잔칫날처럼 행 길을 가득 메우고 떠들면서 걸어가는데 나도 그 틈에 끼어 간다는 게 마치 소풍 가는 기분으로 그저 신(?)이 났던 거 같다.

가는 도중 주래 장터엔 배낭을 멘 군인 무리들이 분주히 오가고 간혹 미군들도 눈에 띄는 것이었다. 자전거포 옆엔 군인들이 한 줄로 죽 앉아서 뭘 기다리고 있는 거 같기도 하였다.

그곳을 지나 '장암리'를 거처 '삼성고개'를 넘기 전 동네인 '태봉동네' 앞길 오르막길쯤에 갔을 때 군인 두 명이 총을 들고 우리들을 일일이 검문하며 보내고 있었는데 우리 식구가 막 그 앞을 통과하려는데 이상한 옷에 무얼 주렁주렁 단 사람이 갑자기 아버지에게 총부리를 겨누더니 아버지 조끼 윗주머니에 넣고 다니는 회중시계(둥그란 짓)에 매달린 시계 줄을 가리키며 당장 꺼내란다.

겁에 질린 아버지가 얼른 시계를 꺼내니 무조건 뺏어서 자기 주머니에 넣고 우리보곤 빨리 가란다. 진작에 그 시계를 감출 일이지 보란 듯이 하얀 줄을 조끼 단추 구멍에 달고 윗주머니에 넣었으니 뺏길 수밖에….

그러나 목숨이 중요하지 시계가 뭐 대수였을까 마는 그때 아마 우리 동네 사람들 중에 회중시계 있는 사람은 아버지밖에 없었지 않나 기억된다. 그렇게 애지중지하며 훈장처럼 달고 다니시던 회중시계를 뺏겼으니 나는 너무 어려서 잘은 몰라도 그때 아마 아버지 속이 꽤나 쓰리셨을 게다.

아무튼 시계까지 뺏겨가며 우리 식구가 도착한 피란지는 충북 음성군 삼성면 산골 어느 마을인 거 같다. 피란지에 도착해서 우리는 어느 큰 집의 사랑방 하나를 차지하게 되었다. 그런데 그 동네 분들은 물론 그 집 주인까지도 아버지를 잘 아는 듯 '나리, 나리' 하면서 여간 잘 대해 주는 게 아니었다.

먹을 것은 물론 돼지고기 닭고기도 실컷 얻어먹은 거 같다. 후일 안 일이지만 아버지는 그 시절 왜정 때 20세(아버지는 1901년 생이시다)에 상경해서 50:1이라는 경쟁률을 뚫고 취직을 한 게 일제치하의 경찰이었다는 것이었다. 그러니 우리나라 국민으로 보면 일본의 앞잡이인 셈인데 농촌을 벗어나 취직을 한다는 게 하늘의 별 따기만큼이나 어려웠을 시절이니 취직이라고 한 게 고작 그거였을 성 싶다.

그 후 경찰관생활을 주로 충청북도에서 했다는 것이었다. 아마 꽤 고위직에 올라갔을 때 우리나라가 해방되었고 앞길이 막막해진 상태에서 다시 고향 안성으로 오시게 된 것이었다. 그러나 짐작건대 아버지는 호구지책으로 경찰 노릇을 하였지만 결코 일본의 앞잡이를 한 것 같지는 않았다.

해방 후 내가 어렸을 때는 잘 몰랐는데 중학교, 고등학교 때까지만 해도 인근 동네나 이천군에까지도 어디 가서 아버지 이름을 대면 아주 도련님 대접을 받았을뿐더러 대학교수나 의사, 높은 군인 들도 가끔씩 아버지께 인사를 오는 것을 보고 자랐으니까….

하기야 해방 후에 이승만 정권 시절 경찰근무를 권유받은 적도 있으나 양심상 할 수가 없어서 초야에 묻혀 살았다는 얘기 간혹 듣곤 했었다. 어찌 보면 해방된 조국에서 왜 하필 일제 강점기 경찰간부를 임용하려 했는가 생각해보니 도무지 일제 강점기 때는 우리 동포가 경찰업무를 한 사람이 드물다 보니 사람을 양성하기엔 나라가 너무 혼란스럽고 너무 급박하다 보니 불가피하게 경험자가 필요했던 것 같다.

아무튼 작은 권력이라도 쓸 수 있었던 시절 내 동포에게 악하게 굴지 않고 학생들이나 군인들을 많이 도와주었던 모양이다. 그러니까 해방 후에도 친일파로 몰려 혼쭐나지 않고 오히려 대접받고 살지 않았겠는가?

그렇게 아버지 덕에 호강하며 피란 생활을 했던 거 같다. 그
곳 '삼성'에서 며칠이나 있었는지 기억은 안 나는데 어느 날 집
으로 가게 되었단다. 그런데 바로 집으로 오는 게 아니고 삼성
고개를 넘어 우리 면까지는 와서 동네 사정을 살펴야 하니 '방
골(산북리)' 동네로 저녁때 들어가게 되었다.

그곳에선 그냥 모르는 집 마당에 우리와 다른 집 식구들도
같이 멍석을 깔고 마당에서 자게 되었는데 여름이지만 밤이
되니 달빛, 별빛이 비처럼 쏟아지는데 저녁 이슬은 축축이 내
리고, 모기는 극성을 떨고, 아무튼 꿉꿉한 게 별로 잠을 못
잔 것 같다.

어디선가 간간이 '쿵쿵' 소리는 들려오고, 분위기에 맞지 않
게 반딧불이는 뭐가 그리 신이 나는지 깜박깜박 불빛을 튕기
며 유유자적하고….

암튼 그 동네에선 오래 있었던 거 같지는 않다. 드디어 우리
집에 오게 된 날, 누가 집에 왔었던 거 같지는 않은데 왜 피란
가느라 법석을 떨었는지 어린 마음에도 이해가 안 가는 것이
었다. 오자마자 그 날 뒤 곁에 닭장에 가보니 여러 마리 있었

던 닭이 두어 마리 남아있었던 거 같다. 우선 우리 식구는 그 닭도 잡고 우리 집에서의 생활이 다시 시작되었다.

그 후엔 별로 기억나는 게 없고 그해 겨울 또 한 번 피란(아마도 1·4후퇴)을 갔었는데 그땐 추울 땐데 같은 면 산북리 산골로 가서 그리 오래 있지는 않았던 거 같다. 얼마 후 집으로 다시 오기는 했는데 그러고 나서 어느 날인가 인민군들이 옷에 나뭇가지를 달고 말도 타고 마차도 끌면서 동네에 나타났다. 낮엔 별로 잘 안 보이는데 밤만 되면 어디론가 왔다 갔다 하며 우리 뒷산에 구덩이를 파고 낮엔 거기 있다가 밤엔 동네로 내려와서 집집마다 밥이며 고구마, 감자 등을 수거해가곤 하였다.

어느 날인가는 인민군 두 명이 큰 흰 말을 끌고 와서 봉철네 집 황소와 바꾸어가는 것도 보았다. 그 후 봉철네 마당에 쇠막대기엔 항상 그 흰 말의 고삐가 묶여 있곤 하였다.
어느 날 밤엔 비행기가 와서 기관총을 온 동네에 퍼붓는데 그 총소리며 비행기소리가 얼마나 무섭던지 우리는 사랑에 모여 총알이 창으로 들어올세라 두꺼운 솜이불을 뒤집어쓰고 있었다. 그렇게 며칠이 지나더니만 갑자기 인민군들이 동네를 떠나는 것이었다.

 인민군들이 있을 땐 동네장정들이나 어른들은 배추구덩이
나 나뭇가지 속에 숨어 지냈는데 어쩌다 발각되어서 붙들려
간 사람들도 있는 것 같았다. 그러다가 인민군들이 떠나고 나
니 얼마나 고요했겠는가?

 그때까진 우리 집도 아버지께선 낮에만 잠깐 집에 들르시고
곧바로 나가셔서 뒷동산 개골창에서 밤을 보내시곤 하셨으며
큰 형은 열일곱 살인가 그랬는데 그때 마침 엄마가 막내를 출
산(1950년생)해서 애기와 함께 항상 큰 이불을 덮고 있었는데 형
은 그 이불 속에 숨어 지냈었다.

 그 후 인민군들이 동네를 떠나고 얼마를 지나 이번엔 우리
나라 국군이 동네에 들어왔다. 그런데 국군은 인민군과는 달
리 버젓이 대낮에 활동하는 것은 물론 동네 번듯한 집들은 자
기들이 숙소로 사용하고자 주민들은 어느 집으로 몰든가 사
랑방으로 합숙을 시키는 것이었다. 우리 집도 예외는 아니어
서 한 무리의 군인들(장교들)이 숙소로 쓰게 되었다.

해산한 엄마는 근처 농주네 오막살이로 옮겨가게 되었고 대신 엄마에겐 군인들이 산모라고 쇠머리 등 고기를 많이 갖다 주었던 것으로 기억된다.

나는 꼬마다 보니까 군인들이 늘 데리고 다녔던 거 같다. 따라다니면서 나지오(라디오) 있는 집을 가르쳐주기도 하였다. 그런데 이번엔 동네 사람 판도가 먼저와 정반대가 되었다. 인민군들이 있을 때 활개 치고 다니던 사람들은 자취도 없이 사라지고 그때 숨어 지내던 어른들이 무슨 완장을 차고 동네를 활보하고 다니는 것이었다. 아마도 아군과 적군이 교대로 주둔하면서 양쪽 어느 곳에든 동조한 사람들이 화를 당했을 것이었다.

후에 들은 얘기로는 그때는 그래서 아군들이 들어와도 '우리나라 만세!' 적군이 들어와도 '우리나라 만세!' 그렇게 '사꾸라(이중질)'를 해야 목숨을 부지할 수 있었다는 것이다. 그런 기간이 얼마 동안 있었는지는 기억에 없는데 어느 날부턴가 잠잠해지고 국민학교(지금의 초등학교)에 입학을 하게 되었다.

그때 내 나이 여덟 살인데 우리 반 애들 중엔 열 살, 열한

살, 아마 그보다 더 나이가 많은 애들도 있었던 거 같다. 학교
도 교실이 모자라 오전반과 오후반으로 나누어서 학교운동장
가장자리 잎사귀가 크고 방울도 달리고 시퍼런 벌레가 뚝뚝
떨어지는 플라타너스 밑에서 공부하곤 했었다.

간혹 총소리가 마구 울리면 공부하다 말고 학교 옆 도랑에
숨어 있곤 하였다.

그땐 매일 선생님들이 분무기로 하얀 가루(DDT)로 된 이 잡는
약을 한 사람 한 사람씩 웃옷을 벗겨놓고 밀가루 세례처럼 뿌려
주곤 하였으며 집에서도 저녁마다 엄마가 내복을 벗겨 허연 이
를 잡아주기도 하고 아주 작은 석회는 뜨겁게 달군 인두로 지져
대면 뿌직뿌직 석회 타는 냄새가 참 구수하기도 하였다.

며칠씩 신어서 뻣뻣하게 빵꼬(펑크)난 양말은 주래 장터에서
얻어온 끊어진 전구다마를 양말 속에 넣어 볼록하게 해서 꿰
매주기도 하였다.

그리고 학교에서는 일주일마다 한 번씩은 보재기나 도시락
을 가져오게 해서 큰 종이드럼통(영어가 많이 쓰인)에 담긴 분유를
됫박으로 하나씩 퍼주면 그걸 그냥 먹기도 하고 집으로 가져

가서 밥할 때 쪄 놓으면 딱딱하게 과자처럼 되는데 그걸 주머니에 넣고 다니면서 먹기도 하였다.

가끔씩 동네 천주교 나가시는 박 씨 아주머니네에 가면 구호물자로 온 옷가지며 장난감 등 귀한 물건들을 공짜로 얻어 오기도 하였다.

또한 수시로 아침마다 영장 나온 형들이 군대에 간다고 하면 영장을 받은 날부터 가는 날까지 그 집은 거의 초상집 분위기였으며(그땐 징집되어 전쟁터로 가서 전사한 사람이 꽤 많았던 것 같다) 막상 장도에 오르는 날은 전체 면에서 선발된 사람들이 주래 장터에 집결해서 도락꾸(트럭)를 타는데 입대하는 용사가 뻘건 글씨로 쓴 꽤나 넓은 광목 프랑카드(플래카드)를 어깨로부터 아래로 내려뜨리고 걸어가면 주래 장터까지 온 동네 사람들이 떼를 지어 그 양 옆과 뒤를 따르며 환송하곤 하였다. 마치 영원한 이별인 것처럼…

그 와중에도 어떤 동네 어떤 집은 아들 삼 형제가 모두 장정들인데 한 사람도 영장이 안 나와 아무도 군대를 안 간 집도 있는데 후일 들은 얘기로는 그 당시 전쟁 통에 면사무소가 불에 타는 바람에 전 면민의 호적정리를 새로 했는데 그때 그 집 가까운 친척이 면서기여서 스무 살짜리를 아예 군인과는 거리가 먼 40살 등으로 고쳐놓았다는 것이다.

참 누굴 나무랄 수도 원망할 수도 없는 전쟁의 슬픈 자화상이 아닐까?

그때 어린 생각으로는 "참 어른들은 욕심도 많다. 자기네 집, 자기 동네, 자기 나라에서 그냥 편하게 살면 될 일이지 왜 남의 걸 뺏으려고 전쟁을 하는 걸까? 괜스레 우리 애들만 힘들게…

후일담

전쟁에서 살아남을 수 있었던 것도 크게 선택된 행운아이거늘 약간의 불편함과 부족함이야 넉넉히 감당해야 할 의무가 아니겠는가? 그래서 수많은 희생을 치르고 얻은 어릴 적 추억이 더욱 귀한 것이 아니겠는가?

그러나 다시는 우리 후대들에게 있어서는 아니 될 것은 전쟁인 것이다.

우리의 아이들이 장난감 칼과 총으로 섬뜩한 '전쟁놀이'를 하지 않고 '평화의 놀이'를 하는 아름다운 세상(통일)이 나의 해가 일몰되기 전에 왔으면 하는….

김종민
자전칼럼

2

김종민 자전칼럼 2

영화구경 - 10대 초반

내 고향 안성은 경기도 남단 끝자락 충청도와 경계선이 있는 농촌 마을이다. 그땐 전기도 안 들어와서 저녁이면 빈 약병 뚜껑을 개조해서 만든 석유등잔을 켜거나 좀 사는 집은 양초 정도 쓰는 게 고작이었다.

내가 여남은 살은 넘었고 스물 되긴 한참 먼 십 대 중반쯤 나이에 내 맘을 언제나 설레게 했던 영화구경(그땐 활동사진이라고 했다)을 했던 추억이 새록이 떠오른다. 그땐 영화를 주로 일죽

주래 장터 쇠전거리(소 파는 곳)에 임시천막을 치고 이동흥행업자가 와서 하곤 했는데 그 사람들은 5일마다 열리는 시골 장터를 지역마다 돌면서 4~5일 정도씩 상영하곤 했다. 시기적으로는 추수가 거의 끝나고 늦가을이 농촌에서는 그나마 호주머니에 돈이 좀 있는 때이고 마음들도 조금은 여유로운 때이니 주로 10월에서 11~12월에 많이 들어왔던 것 같다.

영화가 들어온 날이면 대낮부터 주래 장터에선 대형 확성기에서 '열아홉 순정', '단장의 미아리고개' 등 그 당시 유행하던 대중가요가 면 전역에 울려 퍼지고 업자 중 일부는 허름한 국방색 쓰리쿼터(지프와 트럭의 중간급의 자동차)에 영화제목과 주연배우들의 그림이 그려진 프랑 카드를 펄럭이며 동네마다 몇 바퀴씩 돌며 유세를 하였다. "문화예술을 사랑하시는 일죽 면민 여러분! 오늘 저녁 7시, 주래 장터, 쇠전거리에서 눈물 없이는 감상할 수 없는 단종애사! 단종애사를 가지고 여러분들을 모시겠사오니 저녁 진지 일찍이 드시고 오빠, 동생, 엄마, 아빠, 온 가족이 한 분도 빠짐없이 왕림해 주시기 바랍니다. 눈물 없이는 감상할 수 없는 단종애사! 단종애사를 상영해 올리겠습니다."를 반복해서 자동차 유세를 하면 우리 동네 조무래기들은 자동차가 동네 입구에 들어와서부터 동네 어귀로 나갈 때까지 자동차 뒤꽁무니를 떼를 지어 쫓아다니며 구수한 자동차 기름 냄새를 맡는 것이 얼마나 신이 났던지!

행 길가 삼거리로부터 쉰다랭이, 아랫동네, '빼나골', '능내골', '국골', '가리골'을 훑어 한바탕 소란을 피우고 자동차가 떠나고 나면 그때부터 밭일이 손에 잡힐 리 없고 영화구경 값 조달할 궁리에 작은 뇌를 360도 굴리기 시작하는 거다. 그러나 별 신통한 방법이 있을 리 만무하니 결국엔 아버지께 거짓말을 하는 수밖에…. (월사금 달라고 하면 다음에 진짜로 월사금을 내야 할 때 들통 날 것이 빤한 일이니 공책이나 연필, 잡기장을 사는 걸로~) 찔리는 양심을 감추고 인면수심人面獸心으로 읍소泣訴할라치면 아버지는 그걸 진짜로 믿는 건지 아니면 알고도 속는 척하는 건지 좀 헷갈리긴 하지만 무거운 손으로 힘겹게 조끼 주머니를 뒤져 담배 냄새 절은 오백 원짜리 지폐 한 장을 주시면서 "잃어버리지 말고 공책 잘 사라." 하실 땐 그래도 양심은 있어서 고개를 들 수가 없었다. 그러나 죄송한 마음은 한순간 돈을 받아들고 원하는 곳을 향해 갈 수 있는 그 순간의 행복은 저절로 발이 번쩍번쩍 들릴 정도였다.

짧은 가을 해는 일찍 서산에 넘어가고 동네가 어둑어둑해질 무렵 저녁밥은 먹는 둥 마는 둥 대충 때우고 평소엔 잘 입지 않고 아껴두었던 나이롱잠바를 꺼내 입고 형들, 어른들, 삼삼오오 장터로 가기 시작하는 뒤꽁무니에 나도 붙어서 주래 장터로 향하는 거다. 우리 동네에서 주래 장터까지 3㎞ 정도밖에 안 되지만 빤한 신작로(新作路, 그땐 대로를 새로 난 길이라고 해서 그렇게 불렀다)가 그리 가까운 거리는 아닌 고로 족히 40~50분은 걸어가야 하는 거리였다. 장터 입구에 다다르면 그곳은 우리 동네에 비해 별천지였다. 전깃불이 환하게 들어와 있을뿐더러 빠나나 빵, 딱총들을 파는 가게들도 즐비하니 얼마나 마음이 들떴겠는가?

그런데 그 장터에 입성하려면 큰 다리(청미천 다리)를 꼭 건너야 하는데 다리 양쪽에 난간(그 난간은 장날마다 난간 기둥에 시장통 개장국 집에서 개 한 마리씩 목에 새끼줄을 매고 대롱대롱 매달아 잡는 다리였다)이 있는데 그 난간 칸칸이 시장통에 사는 주래 애들이 쭉 늘어서서 우리같이 촌에서 오는 애들을 아래위로 훑어보고 시비도 걸고 있는 거 뺏기도 하고 조금 삐딱하면 한 대 때리고 겁을 주는 바람에 한 60m 정도 되는 다리 건너는 시간이 왜 그렇게 길게 느껴지던지…. 오금을 못 펴고 가장 얌전하고 비굴한 표정으로 색시처럼 건너야 무사히 통과할 수가 있었던 것이다.

그야말로 고행 끝에 당도한 장터! 우선 가설극장이 있는 쇠전거리로 먼저 가보니 아직은 좀 이른 시간인지라 매표소 누나는 한가롭게 주변 정리도 하고 작은 손거울을 비춰가며 열심히 뭘 찍어 바르고 있고 빠끔한 출입구 양쪽에는 건장한 어른 두 명이 표 받을 준비에 바쁘고 약간은 이른 시간이라 미리 들어가긴 그렇고 해서 우선 젤 먼저 매표소에 가서 200원이나 하는 구경 표 한 장을 사고 시장구경이나 할 요량으로 네거리 가게들이 있는 곳으로 와서 오 원짜리 눈깔사탕 두 개와 야매(불법판매를 그 당시에는 그렇게 불렀다)로 파는 군용 건빵 한 봉지 사서 호주머니에 넣고 두리번거릴라치면 물건을 팔던 장돌뱅이들은 물건을 싸서 자전거에 싣는 사람, 저만치 서 있는 괴물 같은 제무시(GMC, 군용트럭)에 보따리를 싣는 사람, 하루 종일 고단했던 장사를 마무리하고 있는 어렴풋이 '삶의 전쟁'을 보고 있는 거였다.

아마 그 다음 날이 인근 장호원 장날이니 그리로 이동하지 않을까 하는 생각이 들었다. 자동차에 짐을 다 실은 사람들은 마치 무슨 벌레 모양으로 까맣게 실은 짐 꼭대기에 포장을 치고 기어 올라가 자리를 잡고 엎드려 있었다. 이런저런 구경을 하며 싸전거리, 개장국(보신탕)거리, 포목거리, 우체국, 미장원, 무료 진료소 앞을 지나 꺼먹다리까지 왔다 갔다 두어 번 하니 어느덧 7시 가까이 되는 기분이 들어 드디어 가설극장으로 되돌아왔다. 극장 정문에 오니 벌써 많은 사람들이 서성거리며 일부는 표를 내고 들어가고 있는 게 보였다.

나도 동네아저씨들 틈에 끼어 극장 안으로 들어갔다. 극장 안에는 서까래와 송판, 가마때기(가마니)와 멍석을 깔아 임시 좌석을 만들어 놓았다. 우선 나는 화면이 제일 잘 보임직한 가운데 자리를 잡고 앉으려니 언제 들어왔는지 낯익은 동네 누나들 서너 명이 앉아 있는 것이 보이는 게다. 얼른 그 앞자리를 꿰차고 앉아 있게 되었다. 동네에선 감히 여자들과 어울릴 기회도 별로 없고 말도 제대로 못 붙이던 시절에 한밤중에 그것도 영화구경터에서 누나들 틈에 끼어 있자니 그 기분은 정말 하늘을 나는 것 같았다. 드디어 기다리고 기다리던 영화가 시작되는데 첨엔 '대한 늬~우스(오늘의 뉴스를 그렇게 칭했다)', 다음엔 후일 다시 가져올 영화예고편이 상영되고 이제 본 영화 〈단종애사〉가 '빠빠빵~' 큰 음악소리와 함께 제작사 이름, 출연자 이름 등이 자막에 나오면서 영화가 시작되었다. 뒤에서는 영사기 돌아가는 소리가 요란하고 화면으로 쏘는 조명이 길다 보니 사람들이 왔다 갔다 하면 그대로 화면이 가려지는데 그때마다 목소리 큰 사람이 "앉아! 앉아!"를 외치면 영화스토리와 상관없이 와자지껄 까르르 웃음을 터트리기도 하는데 또 다른 군기 반장 같은 큰 목소리가 "조용해!"를 외치기도 하면 신기하게도 일제히 조용히 하는 어렴풋한 힘의 역학관계力學關係를 예습하기도 하였다.

도대체 '필림(필름)'이 몇 년이 된 것인지 화면엔 빗줄기가 계속 내리는 것 같고 직사각형으로 찍은 필름을 정사각형으로 줄여 놓으니 출연자들의 얼굴이 일그러지거나 퉁퉁 부어있는데, 그러거나 말거나 난 그 와자한 분위기가 좋았고(훗날 생각하니 난 어릴 적부터 사람을 좋아했던 것 같다) 입엔 눈깔사탕 하나 물려 있지, 호주머니엔 건빵 한 봉지가 두둑하게 들어 있지, 앞뒤 양옆엔 분 냄새 풍기는 누나들 옆에 파묻혀 있지, 더 바랄 게 없었다.

가끔씩 필름이 끊어지면 영화가 잠시 중단되는데 곧 이어지지 않으면 여기저기서 휘파람소리, 고함소리가 요란하고, 수시로 발전기도 꺼지고 우쨌거나(어쨌거나) 난 그런 모든 풍경들도 시간을 끌어주니 마냥 좋기만 하였다. 한참 부산스런 움직임들이 있고 나서 다시 영화가 시작되고 이때 사육신이 하나씩 죽임을 당하는 무서운 장면이 나옴과 동시에 내 뒤에 앉아 있던 누나가 부지불식간에 "어머나!"를 외치며 나를 와락 끌어안는 것(백허그?)이었다. 갑자기 뒤에서 큰 고깃덩이같이 무겁고 뜨듯한 것이 이 작은 몸을 결박하는데 조금은 답답하지만 그 물컹하고 부드러운 감촉과 향긋한 분 냄새가 내 정신을 혼미하게 하는 것이었다.

화면은 계속 이어지고 무서운 장면은 오래갈 것 같지는 않은데 난 그 따뜻하고 편안한 순간이 너무 좋아서 제발 이 무서운 장면이 계속해서 연달아 이어지길 간절히 원하면서 이 한 몸 맡기고 있었는데 드디어 화면에선 숙부가 왕이 되는 순간에 영화는 편안한 내용으로 바뀌게 되었다. 어쩔 수 없이 기막힌 내 첫 영화 밖에서 일어나고 있는 '종민이의 기막힌 내면의 영화'가 이제 막 끝나겠구나 하고 체념하려는데 이상한 현상이 벌어진 것이다. 이젠 무서운 장면도 없고 평범한 내용이 전개되는데도 날 끌어안은 누나는 날 풀어주기는커녕 오히려 더 꼭 끌어안고 가끔씩 팔에 힘이 들어가고 귓가엔 누나의 숨소리도 크게 들리고 안긴 내 등에는 간혹 안마를 해 주는 거 같기도 하고….

그 누나는 나보다 서너 살 위의 누난데 정말 겁쟁이(?)였던 것 같다. 드디어 영화가 끝나고 장내에 전깃불이 환하게 들어올 때에야 화들짝 놀라 나를 풀어주는 것이었다. 갑자기 등허리가 썰렁하고 마음은 또 얼마나 허전하던지…. 누나들이 일으켜 세울 때까지 그대로 앉아 있었던 것 같다.

그 후로 고향을 떠나온 지가 50여 년, 그 누나들을 한 번도 본 적이 없으니 그때 그렇게 무서웠냐고 한 번 물어볼 기회도 없었다. 아무튼 그 순간의 편안하고 황홀했던 여운은 그날 집으로 오는 내내 그 후로도 한동안 자라는 어린 시절, 잊을 수 없는 추억으로 오늘도 종종 떠오르는 편집되지 않은 '종민이의 삶의 영화'의 한 장면으로 자리매김하고 있다.

지금껏 아무에게도 미처 틔우지 못한 가슴속 사랑의 씨앗

이 되어 말할 수 없는 나만의 비밀로 간직했었는데 이제는 누구에게 말을 해도 편안할 거라 생각이 드는 것은 '추억은 아름다운 것'이라는 것에 누구나 동의할 것이라는 믿음이 있기 때문이 아닐까?

이제 영화가 끝났으니 집으로 돌아가는 길, 휘영청 밝고 싸늘한 가을 달을 머리에 이고 하얀 광목을 펴놓은 듯 가지런한 신작로를 따라 걸어오는데 달님도 아쉬운 내 맘을 아는 듯 앞길을 막아서는 구름을 헤치며 계속해서 나를 따라온다. 걷다 뛰다 드디어 집에 도착하니 벌써 자정이 가까운 시간이라 굳게 닫혀 있는 나무 대문을 살짝 밀어보니 아직은 잠그진 않은 것이었다. 살며시 대문을 밀었지만 '삐~꺽' 소리와 함께 엄마의 목소리가 들린다. (아마 다른 식구들은 다 잠들었어도 엄마는 나를 기다리며 주무시지 않았던 것 같다.)

"광생(광생이는 내 어릴 적 이름)이냐?" "예." (아마 영화구경 갔다고는 생각을 안 하시는지 작은 소리로) "공부하고 일찍 자지 어딜 갔다 오냐?" 하시는 거다.

"예, 상준이네 집에서 스피커연속극 들었어요."(그땐 면 소재지에 서 원하는 집에 한 달에 300원 받고 스피커를 달아주고 주래 장터에서 업자가 라디오를 틀어주곤 하던 때였다. 그것도 좀 있는 집만 달지, 없는 집은 달지를 못했으니 저녁 때만 되면 마실 꾼들이 한 방 가득 모여 연속극을 들으며 울고 웃고 하던 때였다.)

더 이상은 아무 기척 없이 잠잠하시길래 안방 입소절차가 끝난 걸로 알고 살며시 봉당으로 올라 마루를 거쳐 안방 위문(안방은 출입문이 두 개 있었다)을 살며시 열고 방으로 들어섰다. 방에 들어서니 여러 식구들이 자는 방이라 여러 사람의 숨 냄새, 머리맡에 있는 세 개의 요강에서 나는 지릿한 냄새, 윗목 천장 석가래에 대롱대롱 매달려 하얗게 곰팡이 쌓여 뜨고 있는 메주 냄새 등, 코에 익숙한 냄새들이 마음을 편안하게 해 주는 것이었다.

우리 집 잠자리서열은 다음과 같다. 젤로 따뜻한 아랫목은 아버지 자리, 아버지 바로 옆이 그때 대여섯 살 된 막냇동생 자리, 그리고 엄마, 그다음이 내 바로 밑에 여동생, 그다음 자리가 내 자리, 내 위에 제일 윗목이 내 바로 위의 형 자리 그랬었다. 이불은 아버지와 막내가 한 이불, 엄마와 내 동생이 한 이불, 형과 내가 한 이불, 그래서 세 채를 폈는데 이불마다 골목을 여미서 같이 붙어있는 형국이었다.

어둠 속에서 대충 옷을 벗고 윗목 콩나물시루 건드리지 않게, 다른 사람 발 밟지 않게 조심조심하면서 내 자리로 쑥 들어가니 이보다 더 편안한 안식처가 또 어디 있겠는가? 방바닥 구들은 거의 식어 오히려 사람에게 신세 지는 꼴이지만 목화솜으로 만든 이불과 요는 정말 포근했었다. 더욱이 그때 이불은 솜을 두툼하게 넣고, 이불깃을 홑청으로 하고, 천은 대개 옥양목으로 하는데 풀을 빳빳이 먹여, 다림질해서 페매놓은 것이다. 그래서 깨끗하긴 한데 처음 덮을 땐 몸에 착 붙지 않고 서걱서걱하는 게 차갑고 그랬는데 사람이 덮고 한참 데워놓으면 부드럽고 따뜻해지는 것이었다. 그러니 그날은 아래는 동생이 위에는 형이 이미 이불을 데워놓았으니 얼마나 좋았겠는가?

오늘이 영화상영하는 첫날이니 비록 똑같은 것이지만 아직 3~4일 더 할 것이니 무슨 수를 써서라도 한 번은 또 갈 것이라 굳게 결심하며 오늘의 영화구경을 마쳤다. 드디어 좋은 영화 같은 꿈나라로…

후일담

좋은 영화는 사람들에게 공감을 주고, 교훈도 주고, 많은 사람들이 보아주어 물질적 대박을 치기도 한다. 대박을 치는 영화를 보면 합당한 투자도 하였으며 여간 노력을 한 것이 아님을 알 수 있다. 무엇보다 '진정성'이 담겨 있어 오고 오는 세대에 길이길이 기억되고 다시 보고 싶은 영화가 되는 것이다. 인생을 가치 있게 성공한 이들의 이름과 어록이 회자되는 것처럼….

나의 인생영화를 편집할 수 있거나 다시 찍을 수 있다면 얼마나 좋을까?

김종민
자전칼럼
3

김종민 자전칼럼 3

콩청태의 교훈 - 10대 중반

1959년 그러니까 지금으로부터 56년
전 가을 내가 고등학교 1학년 때의 일이다. 나는 초등학교 중
학교를 안성 일죽면에 있는 학교에 다녔다. 중학교 졸업 후 고
등학교도 그곳 인문계 일죽고등학교에 입학하게 되었다. 그런
데 그땐 농촌의 어려운 경제사정으로 중, 고등학교에 진학하
는 학생이 그리 많지 않던 시절이라 몇 안 되는 고등학생 중의
하나로 뽑히게 된 것이다. 그러나 입학을 하고 보니 학생 수가
1, 2, 3학년 전체가 100명도 안 되는 그야말로 미니고등학교(공

립)였던 것이다. 아니나 다를까 학기 초 얼마 안 가서 학교가 그만 폐교에 이른 것이다.

그러니 그래도 좀 있는 집 친구들은 안성읍이나 서울 친척 집 등으로 유학을 가게 되었고 나를 비롯해 일부 학생들은 학업을 중단할 수밖에 없었다. 나도 역시 집안 형편을 뻔히 아는지라 유학은 꿈도 못 꾸고 공부 안 해도 아무렇지도 않은 것처럼(속은 쓰리지만) 집에서 집안일이나 도울 요량으로 식구들에겐 한껏 즐거운 표정으로 토끼풀 바구니, 개구리 깡통(닭 사료용으로 개구리를 잡았다)을 들고 오전부터 오후 늦도록 산천초목을 누비며 살게 되었다.

그로부터 순식간에 1년이 지나니 슬며시 또 학교 생각이 나는데 가만히 궁리를 해 보니 우리 동네에서 제일 가까운 고등학교가 인근 이천 군에 있는 농업고등학교가 하나 있었다.

그 당시 가정상비약 등 간단한 양약을 가까운 친지 아저씨가 하는 일죽약국에서 도매로 떼어(약이라야 주로 활명수, 쌍화탕, 원기소, 이명래고약, 기응환, 소독약 등 가정상비약) 인근 시골 마을로 약장수를

다니시던 어머님을 졸라 그 학교라도 좀 가게 해달라고 사정
사정을 하니 어려운 형편이지만 겨우 승낙을 얻어 학교에 가
게 되었다.

　학교에 가보니 1학년(4월 말경이라 이미 학생들이 입학하고 난 후다) 17명,
2학년이 15명, 3학년이 아직 한 명도 없는 그야말로 초, 초미
니 학교였다. 그런데 농업계다 보니 아마 일죽고등학교처럼 폐
교가 안 된 성 싶다. 입학 후건 뭐건 학교에서는 대환영! 드디
어 나도 까만 교복에 '농고' 빼지를 단 어엿한 고등학생이 된
것이다. 중학교 졸업 후 1년 만에 들어보는 책 보따리가 그렇
게 새롭고 고마울 수가 없었다. 이제 학교는 가게 되었으니 좋
은데 문제는 통학이었다. 우리 집에서 학교까진 약 40리 정도
그것도 산 넘고 물 건너기를 5~6차례, 마차도 다니기 힘든 오
솔길을 혼자서 두 시간 반 이상을 가야 한다. 그러니 비 오는
날, 너무 추운 날, 너무 더운 날은 물론 학교를 결석하고 가을
에 안개가 자욱하게 낀 날도 무서워서 산속을 혼자 가기가 엄
두가 안 나서 결석하곤 했다.

　물론 학교에선 내게만은 청소는 물론 일과 전후 행사는 면

제고 방과 후 활동도 면제해 주는 특혜(?)를 누리긴 했으나 아침에 이슬에 옷이 흠뻑 젖게 몇 시간을 걸어서 가게 되니 수업 시간에 졸음이 밀려와 얼마나 괴롭던지… 더욱이 그땐 농촌이 어려워 여름철 5월 보릿고개부터 가을 햇곡식이 날 때까지 식량과의 전쟁이라 거의 모든 가정이 꽁보리밥에 감자, 옥수수, 고구마 등이 주식이던 시절(유독 난 보리밥을 싫어한다) 먹는 것도 변변치 않고 꽁보리밥이 싫어 주로 여름엔 고구마, 옥수수, 감자만 먹곤 했으니 도시락은 엄두도 못 내고 보통 5~6교시가 끝나면 오후 3~4시 사이가 되는데 그저 우물가에 가서 물만 몇 번 마시고 남은 시간 수업을 마치면 또 일상 반복되는 집으로의 막막한 고행길이 시작되는 것이다.

그러나 어쩌랴. 주어진 운명이니 무거운 몸을 이끌고 고개 넘고 물 건너 집까지 올라치면 중간에 지나는 첫 번째 산골동네가 '능꼴', 그다음이 '장리울'인데 능꼴 동네 얘들은 괜찮은데 장리울 얘들이 아주 짓궂어서 동네 입구에서부터 동네를 벗어날 때까지 줄줄 따라오면서 얼마나 괴롭히던지 그렇지 않아도 기진맥진해서 힘이 없어 죽겠는데 참고 견디기가 여간 어려운 것이 아니었다.

아마 그 동네 얘들이 주래 장터에 갈 때 길목인 우리 동네에서 시달림을 받은 앙갚음을 내게 하는 것 같았다. 그러나 조금이라도 삐딱하면 한 대 맞을 게 빤한 상황이라 최고로 비굴할 수밖에….

갖은 핍박을 겨우 견디고 천근만근이나 되는 책가방을 메고 동네를 벗어나고도 족히 20리 길을 더 걸어야 우리 집인 것이다. 그러다 보니 어언 시간이 5~6시는 되가는 듯 개울가 평지는 환한 대낮이나 산 밑 오솔길 고갯마루엔 저녁기운이 도는 해 걸음이다. 아직도 우리 집을 약 10여 리 남겨놓은 '삼실이 고개'를 넘어 '물탕골'에 다 달을 즘에 허기가 극에 달해 나도 모르게 길옆 풀 섶에 주저앉아 있노라니 옆에 있는 콩밭에 콩이 노릇노릇 익고 있는 것이 불현듯 '콩청태' 생각이 난다.

'궁하면 통한다'고 간신히 일어나 남의 밭 콩이지만 콩을 한 아름 꺾고 책가방에서 성냥(성냥은 그때 애들이 저녁이면 철이네 집에 모여 성냥개피내기 화투를 치곤 하던 때라 가지고 다녔다)을 꺼내 길옆 산비탈을 한 댓 발작 올라가서 작은 구덩이를 파고 인근 나뭇가지들을 주워 모아 불을 지피고 그 위에 꺾어 온 콩을 얹어 굽는 '콩청태'를 하게 되었다.

처음엔 나뭇잎이 훨훨 타고 그다음엔 콩 대궁과 콩깍지가 가무스름하게 타고 콩이 익으면 콩청태 완성! 불을 끄고 노릇노릇하고 가무잡잡하게 적당히 익은 따끈한 콩알을 주워 먹으면 정말 꿀맛이었다. 아마 한 시간 정도는 족히 혼자서 배불리 먹은 것 같다. 어느덧 저녁 시간이고 집에 가야 하는데 일어나려다 보니 가지에서 떨어져 까뭇까뭇하게 익은 콩알들이 꺼진 잿불 위로 수북이 쌓여 있는 게 보였다. 그러나 이젠 실컷 먹었으니 더는 먹고 싶지 않은데 다만 길옆이다 보니 혹여 누가 지나가다 그걸 보면 다 주워 먹을까 걱정을 하게 되었다.

그래서 나도 모르게 내 내면에 악마의 충동질에 끌려 그 콩에 한껏 참았던 오줌을 갈기고 말았다. 그제야 오줌을 누니 뱃속도 시원하고 누가 먹지 못하게 안전장치도 했으니 후련한 기분으로 집으로 돌아왔다.

그날 콩청태를 해먹고 3~4일은 지난 듯싶은 어느 날 학교에서 돌아오는 길 그 콩청태 해먹은 곳을 또 지나게 되었다. 매일 오고 가는 길이었으니 말이다. 어젠 가을비가 온 후라 대지가 약간은 축축이 젖어 있고 곡식들은 추수들을 거의 해가고 있고 으레 거기쯤 오면 배가 고프고 집에 오는 도중 3~4번 쉬는 중 마지막 쉬는 곳이니까 종종 앉아 있다 오곤 하는데 예의 그 장소 옆에 쉬고 있노라니 내가 먹고 남은 콩청태가 어제 온 비로 재는 다 씻겨 내려가고 콩만 까맣게 모여 있는 게 보였다. 얼마나 맛있어 보이는지…. 비가 와서 나뭇가지들이 다 젖어서 콩청태는 해먹을 수는 없고 배는 고프고 그 콩을 보니 군침이 도는 순간 아뿔사! 내가 그곳에 오줌을 누지 않았던가? 아무도 먹지도 않을 것을 왜 그랬지?

그때의 후회스러움과 절망감은 형용할 수 없을 정도로 커서 오함마(해머)로 내려치는 것 같은 큰 충격으로 내 영혼이 번쩍 눈이 뜨이는 걸 느낄 수 있었다. 그렇거나 말거나 그 콩을 하나 주워 먹어보니 기분상 그런지 찝찝 하니 영 비위에 거슬려 결국은 먹질 못하고 허기진 배를 참으며 무겁게 집으로 돌아오게 되었다. 터덜터덜 힘겹게 걸어오면서 다짐하고 또 다짐하였다. 앞으론 절대로 내 배부르다고 먹던 밥에 침 안 뱉고 반드시 남의 입장을 헤아리는 사람이 되겠노라고…. 그때의 소중한 경험은 그로부터 지금껏 내가 이 세상을 살아오면서 한순간도 잊은 적이 없다.

그간 반짝반짝 잘 나가던 젊은 시절, 이런저런 일로 남의 부탁도 많이 받아 봤지만 언젠가 순간적으로 후일 내가 반대의 입장이 되었을 때를 생각하게 되고 지금 이 사람의 입장을 헤아려 잘해줘야지 후일 내가 후회하지 않겠구나 하는 배려심이 발동하면 자연히 친절해지고 최선을 다해 도와주게 되곤 하였다. 그러고 나면 역시나 도움을 받은 그 사람보다 내 마음이 더욱 즐겁고 흐뭇한 것은 무슨 조화일까?

후일담

'남의 밥에 재 뿌리고 싶은 인간의 못된 심성', 내 밥이든 남의 밥이든 밥은 신이 주신 소중한 선물! 그래 밥은 나눠 먹어야 되는 것이 아닌가? 예부터 감나무에 감을 다 따지 않고 새들도 먹도록 일부러 몇 개를 남겨두는 '까치밥'의 여유가 있었고 학창시절에도 수저만 들고 다니며 남의 밥을 한 숟갈씩 떠먹는 애들을 장난기로 받아들이던 빈곤 속에서의 여유론 마음들이 있었고 남의 밭이지만 한두 개 '참외서리', '수박서리'를 당해도 "이놈들이 또 따갔군!" 하며 웃어넘기는 농부의 얼굴 속에 흐르던 여유와 해학이 그립다. 요즘은 아예 트럭을 대놓고 농작물을 실어가는 '차떼기 도둑'이 성행을 하는 세상이 되었으니…. "그나저나 우리 언제 만나 밥이나 한 그릇 합시다."

김종민
자전칼럼
4

꼬마 노름꾼의 비밀 – 10대 중반

내가 중학교쯤 다니던 시절의 들키지 않은 비밀이 있다. 그땐 농촌 마을에 애들이 바글바글 많던 시절이다. 집집마다 보통 오륙 남매 이상씩 양산하던 때니까…. 그래서 그 무렵부터 산아제한정책이 시행되기 시작했던 것 같다.

그때 우리 애들은 놀이가 '자치기(나무막대기를 치는 놀이)', '말뚝 쓰러뜨려 따먹기(진 논바닥에서)', '다마(구슬)치기', '제기차기', '딱지

치기', '축구하기(동네 돼지 잡는 집에서 나온 돼지오줌보를 묶어서)', '썰매 타기', '군사잡기(밤에 인근 개울가 백사장에 모여 편을 갈라)' 등이었고 가끔씩은 어른들 몰래 철이네 집 오막살이 골방에 모여 몰래 화투놀이도 하였으며 어른들이 보는 앞에서는 윷놀이를 했던 것 같다.

그런데 그 화투치기가 문제였다. 화투라야 싸구려 풋대종이를 빳빳하게 하고 종이와 종이 사이에 양회를 넣어서 만든 약한 것이어서 몇 번 가지고 놀면 조각조각 부러져서 양회가 쏟아지기 일쑤였다.

철이 엄마는 그 화투도 엄청 비싸게 우리한테 팔았고 장이서는 날에는 장에 가서 박하사탕, 바나나 빵, 각종 과자, 오징어 등을 사다가 엄청 많은 이문을 얹어서 우리들에게 장사를 하고 있었다.

철이네는 전쟁통에 경상도 쪽 어디에선가 우리 또래 애 철이 하나 데리고 동네에 들어와서 이집 저집 일해 주고 밥 얻어먹고 살다가 동네에 다 쓰러져가는 그야말로 굴속 같은 단칸 오막집 하나 얻어서 그렇게 소매점(?)을 운영하고 살았는데 경상도에는 철이 아버지가 본부인과 살고 철이 엄만 아마 철이 하나 몰래 낳아서 고향을 떠나온 듯싶었다.

그 후 몇 년 만인가 철이 아버지라는 대머리가 훌렁한 분이 나타나서 한 닷새 머물다 가더니만 철이 엄마가 '병순'이라는 여자애를 낳아서 세 식구가 살고 있었다.

저녁때가 되면 어른들의 눈을 피해 우리 어린 노름꾼들은 대여섯 명씩 그 집으로 몰려들어 화투를 치곤 하였다. 주로 두 장으로 끗발을 다투는 '섰다', 다섯 장으로 열, 스물, 서른 등 짝(3장)을 맞추고 나머지 두 장으로 끗발을 다투는 '도리지 꾸땅', 맞는 짝이 나오면 "뻥이요" 하고 다 떨어버리는 '뻥', 그냥 짝만 맞추면 되는 '민화투' 대략 이런 정도였다. (그래도 이 정도면 어린 타짜들이라고 해도 손색이 없지 않은가?)

주로 성냥가치내기, 사탕내기, 과자나 오징어내기 등이었는데 그때 우리들 수준으로는 꽤나 수월찮은 금액이 들어갔던 것으로 기억된다. 도박(?)자금 조달은 간혹 집에서 거짓말로 조금씩 타다 쓰기도 하고 그 집에선 우리들에겐 언제고 외상을 주기 때문에 우리 중에 철이 엄마 치부책의 채무자로 이름이 없는 사람이 없었다. 그러니 항상 용돈은 부족하고 채무에 시달리기도 하고….

그러면 별수 없이 집에서 쌀이며 잡곡, 마늘, 계란까지도 훔쳐가서 물납하게 되는데 철이 엄마 뒷박은 작은 바가지인데 일반 뒷박보다 훨씬 많이 들어갈뿐더러 꾹꾹 누르고 수북수북 쌓아서 그야말로 바가지를 씌우지만 우린 몰래 하는 거다 보니까 훔친(?) 물건으로 빚을 갚는 약자의 설움을 어찌할 수 없었다. (철이 엄만 우리들에겐 고리대금업자임에 틀림이 없었다.)

그것도 농사가 적은 대부분의 집 애들은 고작 쌀이나 보리쌀, 콩 등 별로 값이 덜 나가는 것이었고 부잣집 애들은 아무리 외상값이 많아도 참깨, 고추, 찹쌀 등 값나가는 것을 가져오니 한방에 다 갚아버리는 것이었다.

우린 농사가 많지 않으니 곡식은 훔쳐다 줄 수는 없고 그 당시 닭이 여러 마리 있어서 아침마다 알을 많이 낳는데 다른 식구 몰래 일찍 닭장에 가서 계란을 하루에 한두 개씩 꼬불쳐서 담벼락 으슥한 곳(비밀금고)에 숨겨놨다가 열 개쯤 되면 갖다가 물납하곤 했는데 어느 날은 너무 오래 감춰둬서 그런지 달걀이 모두 곯아서 못쓰게 된 적도 있었다.

빚은 절대로 줄지 않고 늘어간다고 했던가? 허구한 날 외상값 때문에 시달리던 우리들 몇은 드디어 절대로 해서는 안 될 '절도모의'를 하게 되었다. 그것은 방앗간을 터는 일이었다. 그 당시 우리 동네 방앗간은 주인이 '국골' 부자이신고로 밤엔 언제나 비어 있었다. 그래서 저녁때 철이네 집에 모여 밤늦도록 화투를 치다가 저마다 신발주머니 하나씩을 꿰차고 방앗간으로 갔다.

방앗간 큰 문이 동, 서, 남쪽으로 세 군데가 있었는데 동쪽과 서쪽 문은 굳게 잠겨있었는데 남쪽 문은 그 바로 앞에 사택 비슷하게 정희네 모녀가 살고 있어서 수시로 방앗간을 들락날락하며 지키는지 살짝 열려 있었다. 그래서 우리 다섯 도둑들이 방앗간으로 잠입해 보니 각종 도정된 곡식들이 가마니마다 담겨서 옆에 쌓여 있기도 하고 어느 것은 "나 훔쳐가라."는 식으로 입을 딱 벌리고 서 있는 게 아닌가?

도둑들은 저마다 한 신발주머니씩 쌀을 가득 채우고 살짝 빠져나오는데 그중에 빵꾸(펑크)난 신발주머니를 가져온 애 때문에 방앗간 바닥에서부터 근처 길에까지 하얀 쌀이 떨어져 범행의 흔적을 남기고 말았다.

그 당시엔 너무 급해서 미처 몰랐는데 철이네 집에 와서 각자의 장물(?)을 납부하면서 그 사실을 알게 되었다. 우린 겁도 나고 무섭기도 하지만 빨리 물증을 없애야겠기에 부랴부랴 그곳에 뛰어가 보니 그 작은 쌀알들이 마치 모래를 뿌려 놓은 듯 너무 넓은 흙바닥에 떨어져 있으니 치운다고 치우긴 했지만 완벽할 수는 없었을 게다. 우리 모두는 그날 밤 제대로 잠잔 사람은 아무도 없었을 것이다. 앞으로 어떤 상황이 벌어질지 모든 운명을 하늘에 맡길 수밖에…

그런데 이상한 것은 그 걱정이 되고 무서운 현실 앞에서도 그곳(범죄현장, 방앗간)을 가보고 싶었다. 그게 바로 범죄자의 심리라던가? 그래서 우리 두 명이 모른 척하고 거기에 가보았더니만 현장은 말끔히 치워져 있고 우리가 훔쳐간 걸 아무도 모르는지 그곳 종사하는 사람들도 예전과 마찬가지로 친절하고 방앗간에 쌀자루들도 그대로 있는 것이었다. 하루 이틀 지나도 방앗간에 도둑이 들었다는 소문은 나돌지 않는 게 너무나도 의아했다.

　그런데 사실은 그 방앗간 사람들이 그날의 곡식도난을 모르고 있는 게 아니었다는 것을 곧 알 수 있게 되었다. 그야말로 어리석은 우리 도둑들은 정말로 그 방앗간 사람들이 도둑맞은 것을 몰랐던 것으로 생각하고 마치 노다지를 만난 것처럼 또 한 번 방앗간을 털기로 모의하고 먼저와 똑같은 방법으로 현장으로 잠입했다.

　동쪽 문, 서쪽 문은 물론 그날과 마찬가지로 문이 굳게 잠겨 있어 당연히 잠그지 않았을(관리 점검상) 남쪽 문으로 갔다. 다섯 놈이 우르르 몰려 먼저 들어가려고 남문을 밀치는 순간 그때와는 달리 문이 꼼짝을 않는 것이었다. 우리는 모두 깜짝 놀라 문을 자세히 살펴보니 동문, 서문보다 훨씬 크고 좋은 자물쇠로 남문이 꽉 잠겨있지 않은가? 어스름한 달밤에 정희네 집 창문엔 흐릿한 불빛이 보였다.

　꼭 누군가가 우리의 모든 행동을 지켜보고 있다는 생각이

들자 갑자기 소름이 쫙 끼치고 식은땀이 나는데 너나 할 것
없이 "걸음아 나 살려라!" 냅다 도망쳐 나오는데 얼마나 다리
가 후들후들 떨렸던지…. 그날 아무도 우릴 따라오지 않은 걸
보면 다행히 누군가에게 들키지는 않았던 거 같은데 마음만
은 들킨 것보다 더 무거웠던 건 무슨 이유일까?

사람이 일생을 살면서 들키고 안 들키고를 떠나서 죄를 짓
지 않고 사는 사람이 몇이나 있을까? 차라리 들켜서 공개된
처벌을 받고 나면 홀가분할 수도 있겠는데 들키지 않은 죄는
평생을 자기 내면의 양심의 처벌로 들킨 것보다 몇백 배 더
큰 마음의 고통을 당한다는 것은 우리 모두 잘 알고 있는 사
실이다.

그 일로 해서 내가 터득한 게 하나 있다.
그것은 내가 선한 일을 하든, 악한 일을 하든, 죄를 짓든 비
록 사람들은 눈치 채지 못할지라도 해와 달까지도 모르게 한
들 내 행동거지를 잠도 안 자고 지켜보는 내면의 '양심'이라는
감독기관이 있다는 사실이다.

그래서 어떤 때 물건을 사고 거슬러 받은 돈이 계산보다 더 많이 왔을 때 거길 다시 가서 되돌려줄 정도로 '양심결벽증'이 생긴 게 아닌가 싶다.

후일담

지나고 보면 어리다고 개구쟁이들의 짓이라고 스스로 정당화하거나 눈감
아버리는 일들이 너무도 많았던 것 같다. 아이들의 순수한 심성 뒤 곁에
숨은 어른도 뺨칠 악한 꾀돌이들이 바늘 도둑이 되고 훗날에 소도둑이
되기도 하는 이치를 모를 리 없건만 어른들도 상상할 수도 없는 대담한
범죄가 급증하고 있는 오늘의 세태를 바라보면서 그 시절 우리 악동들이
뿌려놓은 악한 씨들이 자라난 열매라는 생각이 들어 참회하는 마음으
로 이 글을 썼다.

또한 아무리 어려워도 어린아이들을 상대로 범죄를 조장하는 철이네 엄
마들이 오늘날에도 어딘가에 있을 것 같아 걱정되는 것을 보면 나는 이
제 모든 것을 바라보며 탄식하는 노인이 된 것이 틀림없는 것 같다.

김종민
자전칼럼

5

메밀묵사발 - 10대 후반

1950년대 말, 내가 10대 후반이던 시절에 있었던 메밀묵의 추억! 그 시절엔 6·25전쟁이 끝난 지 10여 년도 채 안 된 시절이라 지금과는 달리 치안상태가 약간은 허술하던 농촌 마을에서는 마을마다 자치적으로 통행금지시간인 밤 12시부터 새벽 5시까지 2인 1조로 조를 짜서 야경을 돌던 시절이 있었다. 대개는 집집마다 가장들이 야경에 편성이 되어 있었으나 때에 따라서는 가장을 대신해서 자제들(청소년)도 돌곤 하였다. 밤 12시가 되면 야경완장을 팔뚝에 차고 몽둥이를 두 개씩 들고 막대기 두 개를 '딱딱' 마주치며 집집마다 골목마다 누비며 "야경이요!"를 외치며 약 60여 호가 옹기종기 모여 사는 동네언덕 넘어 '빼논골', '쉰다랭이' 등 저만치 떨어져 있는 외딴집들까지 모조리 한 바퀴 약 두어 시간씩 야경을 돌곤 하였다.

  그렇게 한 바퀴를 돌고 나면 보통 새벽 1시 반에서 2시 정도가 된다. 그러면 야경꾼에게 특권으로 주어진 밤참이 바로 영수네 집에서 파는 메밀묵사발 한 그릇씩이었다. 그 메밀묵은 동네 사랑방 마실꾼들이 밤늦게까지 화투 놀이를 하는 어른들의 밤참을 팔기 때문에 24시간 영업을 하고 있었다. 그땐 집집마다 워낙 어렵게 살던 시절이라 메밀묵 한 그릇도 별식 중의 별식으로 간혹 집에서 쑤어 먹는 경우도 있었으나 삼시 세끼 밥 말고 군 식사처럼 여겨지는 메밀묵은 좀처럼 해먹는 일이 없었고 가끔씩 집안 어른들이 입맛이 없거나 식사를 못 하시면 영수네 집에서 메밀묵 한 모 사다가 보통 6~7명 되는 가족이 메밀묵보다는 신 김치를 더 많이 썰어 넣어 밥에 말아 먹곤 하던 시절이었다.
  나는 그때 메밀묵을 별로 먹어본 일이 없었는데 형님을 대신해서 내가 야경을 한 번 돌게 된 적이 있었다. 나와 같은 조한 사람은 그때 나보다 두세 살 위의 동네 형인 것으로 기억된다. 그땐 초겨울인가 약간 밤이 길고 추웠던 것 같다. 우선 우린 11시 반쯤 방앗간 앞에서 만나 맨 윗동네부터 '쉰다랭이' 외딴집(두 집)을 거쳐 아랫동네로 해서 '어정'을 거쳐 '빼논골'(약 6~7호)고개 넘어 까지 갔다가 마지막으로 동네 다운타운인 중심가 골목을 휭 하니 돌고 나니 새벽 1시 반경, 동네 한가운데 자리 잡고 있는 영수네 건넛방으로 들어갔다.

한참을 졸다 나온 영수 엄마가 어둑캄캄한 부엌으로 들어가더니 잠시 덜그럭덜그럭, 부시럭부시럭 소리를 내더니 조그만 접이식 알루미늄 상에 묵사발 두 그릇을 말아오는 것이었다. 방문을 열고 상을 들고 들어오는 순간 확 풍기는 참기름, 깨소금 냄새는 그야말로 사람 죽여주는 것이었다. 배고플 때 먹는 음식을 누가 꿀맛이라 했던가? 이건 배가 고프고 부르고의 문제가 아니고 그 음식 자체가 꿀맛, 진짜 꿀맛이었다.

그날의 메밀묵 추억 때문에 지금도 '메밀묵사발'은 무조건 좋아한다. 그 후로 60호에서 한 사람씩 2인 1조로 매일 야경을 도는데 남자가 없거나 어린아이만 있는 집을 빼고 나면 20여 일 안에 한 번씩 야경순서가 되는 것인데 그 야경 날을 나는 손꼽아 기다리곤 했었다.

그리고 그 후로 군에 입대할 때까지 꽤 여러 번 야경을 돌았는데 어떤 때는 동네 제사가 있는 날은 야경꾼들의 잔칫날! 일부러 제사가 끝날 시간을 계산해서 그 집 근처에 가서 일부러 딱딱이 소리를 크게 내면서 "야경이요!."를 외치면 그 집의 누군가는 나와서 제삿밥 먹고 가란다. 그러면 우리는 사양할 필요도 없이 너무나도 당연한 것처럼 따라 들어가 낯익은 그 집 일가친척들 틈에 끼어 향내 자욱한 툇마루에 또는 사람 방에 들어가 제삿밥을 한 상 받곤 하였다.

그때만 해도 보릿고개로부터 가을까진 집집마다 꽁보리밥 먹던 시절이지만 아무리 어려운 집이라도 제삿밥만은 하얀 쌀밥으로 짓는 게 조상에 대한 예의로 여겨졌던 것 같다. 하얀 쌀밥은 물론 무, 다시마, 북어로 우려낸 탕국 각종 나물, 돼지 머리고기 편육, 또는 켜켜이 썰어놓은 삶은 계란, 막걸리가 아닌 정종으로 음복도 한잔, 그야말로 진수성찬이었다.

그렇게 배불리 얻어먹고 나면 메밀묵이 더 들어갈 배가 없었지만 영수네 집에 가서 메밀묵 한 그릇 먹을 수 있는 전표 한 장을 받아서 후일 먹을 요량으로 깊이 간직하곤 했었다.

그런 다음 새벽녘 한 바퀴 더 동네 구석구석 야경을 돌고 나면 오늘도 우리 동네 야간 치안 책임자로서의 상징인 야경완장을 벗어놓고 다음에 돌아올 야경 날을 기약하곤 했었다.

후일담

그땐 어려웠지만 마을, 동네, 제삿밥, 메밀묵, 야경과 같이 정감 있는 단어들이 함께 어우러진 사람 냄새가 나는 그 무언가가 있었다. 요즘에는 아파트, 무인경비시스템, 112, 119로 무장한 콘크리트문화와 기계화문명이 화려한 빛 속에 사람들은 황폐한 마음에 무표정한 로봇처럼 변질되고 있는 것은 아닌가? 아~ 그리운 그날의 우리 동네! 지금도 입맛이 도는 야경 돌던 그 밤의 메밀묵이여!

김종민 자전칼럼

6

그땐 그랬다 - 10대 말

나는 1950년대에 고등학교를 다녔는데 입학은 인문계고교, 1학년 입학과 동시에 폐교(학생 수가 적어서)로 인해서 중퇴 후 1년 놀고 2학년 중반에 농업계 고등학교로, 그 후 그 학교 역시 같은 이유로 폐교를 당하여서 2학년 후반부터 3학년 졸업까지는 상업계 고등학교를 다녔다. 왜 같은 인문계나 농업계나 상업계나 같은 계열로 공부할 수가 없었느냐? 물론 그랬으면 오죽이나 좋았겠는가?

하지만 그러려면 우리 고장이 아닌 안성 읍이나 서울로 유학을 가야 하는데 다른 애들처럼 그런 곳에 받아줄 친인척이 있는 것도 아니고 하숙이나 자취를 하며 학교에 가야 하는데 우리 집 경제사정이 그러질 못한 관계로 집에서 걸어서 갈 수 있는 최대로 학비가 저렴한 곳을 택할 수밖에 없으니 전공이고 계열이고 공부라고는 뒷전이고 고등학교 졸업장이라도 하나 받아야 된다는 지상 최대의 목표에 충실했으니까…. 그나마 그런 입장도 못 되는 인근에 많은 애들에 비하면 얼마나 큰 행운인가?

나 자신은 정말 학교생활이 힘든 것은 사실이었다. 통학거리가 왕복 다섯 시간은 걸리는 원거리일뿐더러 인문계, 농업계, 상업계 하다 보니 인문계나 농업계는 그나마 죽기 살기로 암기만 하면 어느 정도 따라가겠는데 상업계로 가서는 기초학력이 부족하다 보니 일반과목이 아닌 상업계(주산, 부기 등)는 여엉 젬병이었다.

그때 1960년 4·19혁명이 일어나고 1년 후엔 또 5·16혁명이 일어났다. 그 날 5월 16일 새벽부터 라디오에서는 우렁찬 군가와 함께 혁명공약 6개 항이 시간 시간마다 발표되고 사회나 학교

나 온 나라가 비상시국으로 변해버린 것이다. 며칠 있자니 학교엔 각 교실마다 혁명공약(혁명공약 하나, 우리는 반공을 국시의 제일로 삼고… 둘, 유엔헌장을 준수하고 국제협약을 성실히 이행하고…셋, 기아선상에 허덕이는 민생고를 시급히 해결하고… 넷, 모든 사회적 부패를 일소하고… 다섯, 국가의 실력을 배양하고 민족적 숙원인 통일을… 여섯, 과업이 완수되면 군 본연의 업무로 복귀한다는 내용이었다)을 크게 써서 게시하라는 혁명정부의 지시가 떨어졌다.

그런데 그땐 지금처럼 인쇄물이나 컴퓨터 매체 등으로 대체할 수 있는 시절이 아니라 일일이 손 붓글씨로 모조지(가로 60~70㎝, 세로 1m 정도의 큰 종이)에 써서 붙일 수밖에 없었다. 그런데 학생이나 선생님 중에 붓글씨를 그럴듯하게 쓰는 사람이 별로 없는데 나는 다행히도 초등학교부터 중학교 시절까지 명필이셨던 아버님의 가르침에 따라 방학 때마다 천자문을 비롯해서 한문, 한글 등 붓글씨를 꽤나 잘 쓰도록 교육을 받았었다. 그래서 우리 반 교실에 내가 쓴 혁명공약이 게시되었는데 그게 계기가 되었다. 다른 반 선생님들이 그걸 와서 보시고는 필기구며 먹을 것도 사주시면서 자기 반 것도 부탁들을 하니 고등학교 세 개 반, 중학교 여섯 개 반, 교무실 등 그 큰 모조지에 붓으로 다 써서 붙이려니 여간 힘든 게 아니었다. 그러나 공부도 못하는데 그나마 붓글씨라도 좀 써서 내 존재감이 안 정되니 얼마나 다행이랴 싶어 정말 열심히 썼던 것 같다.

암튼 우여곡절 끝에 고등학교는 졸업하게 되었다. 그런데 지 금도 아쉬운 것은 그때 학교에 다니면서 집이 너무 멀다 보니 방과 후 면 소재지 꼭대기에 조그만 빵집이 하나 있었는데 나 뿐만 아니라 다른 학생들도 으레 거기 가서 빵이나 고기만두 를 가끔씩 먹곤 했는데 돈이 없다 보니 늘 베름박(가게 벽)에 찍 긋는 외상이 일수였다. 그러다 중간 중간에 일부 갚고 또 먹 고…. 그러다 졸업 때가 되었는데 빵집 외상값이 수월찮이 큰 금액이 되어 있었다.

그때 불현듯 도둑놈 심보가 발동을 해서 그걸 떼어먹고 이 제 졸업하고 이 동네 안 오면 되지 싶은 요량으로 애써 무시해 버리기에 이르렀다.

그러나 세상은 그렇게 녹 녹지가 않은 것, 졸업식 이틀 전인 가, 졸업비며 앨범비, 월사금 등을 집에서 타가지고 학교에 갔 는데 그 빵집 아줌마가 젊은 보디가드 두 명을 대동하고 정문에서 보초를 서고 있다가 외상값 있는 애들은 모조리 잡아서 '쎈타(주머니조사)'를 해서 모조리 뺏는 것이다. 나도 예외일 수 없는 상황, 그 아줌마가 갖고 있는 치부책을 보니 내 이름과 함께 내가 학교에 낼 돈 거의 90% 이상에 해당하는 거다. 하는 수 없이 다 뺏기고 학교는 모두 미납인 채로 본의 아니게 문교 재정에 누를 끼칠 수밖에 없었다.

그래서 졸업장, 앨범 등 평생 간직해야 하는 '형설의 공'을 묻어둔 채 발길을 돌릴 수밖에 없었다. 지금도 생각하면 다른 건 몰라도 그때 졸업사진(동창생 20명)만은 그리울 때가 많다. 어느새 동창들 중 이 세상을 떠난 친구가 절반에 가까우니…. 그러나 그땐 정말 그럴 수밖에 없었다.

후일담

'안 되는 줄 알면서 왜 그랬을까?' 단순한 노랫말이 아니라 나도 그러고 살았고 많은 사람들이 그렇게 살고 있다. 그래서 역사는 소중한 교사가 되는 것이다. 그러나 역사가 흘러 흘러서 2015년이 흘러도 지나간 역사를 반추해 보고 성찰해 보기보다 같은 잘못, 아니 더 큰 잘못된 역사를 기록하고 있으니 우리 후손들에게 무엇을 가르칠 수가 있을까?

김종민
자전칼럼

7

면회 - 20대 초반

내가 그녀를 처음 만난 건 1966년 추석 때의 일이다. 그때 공군 수원비행장에 군인으로 복무하던 시절, 추석 휴가차 고향 안성에 있다가 부대에 복귀하는 날이었다. 그때가 추석 다음 날이다 보니 시골버스(평화여객, 안성~영등포행)가 얼마나 만원인지 그야말로 콩나물시루의 형국이었다. 그럼에도 불구하고 차장이 한 사람이라도 더 태우려고 어거지로 문짝에 매달리게 하고 뒤에서 엉덩이로 배로 꾹꾹 밀어붙이면 신기하게도 버스가 터지지 않고 모두 끌어안던 그런 시절이었다.

나 역시 짐짝버스에 타서 맨 뒤 위 창문이 휘어진 자리에 머리를 부딪치며 서 있게 되었다. 앞뒤 옆을 보니 옴짝달싹도 못할 지경으로 포개지듯 끼어 있는데 바로 내 정면에 예의 그 소녀가 어색한 표정으로 내게 몸을 밀착한 채 끼어 있었다. 2~3㎝ 바로 앞에 그녀와 얼굴을 마주하게 된 것이다.

그때 내 나이 스물한 살, 여자라곤 어려서 시골동네 누나, 동생들과 어울린 이래로 외간 여자를 대하는 게 난생처음인데 그렇게 몸의 모든 부분이 밀착되고 얼굴까지 맞댄 상태가 되니 엄청나게 당황스럽기도 하고 답답하고 힘들기도 한데 결코 싫은 것은 아니었다. 애써 외면을 하며 비포장 길을 달리는 버스가 덜컹거리며 가끔 급브레이크라도 걸면 버스 속 콩나물 대가리들이 마치 농촌 아낙네의 키질에 나락이 가지런히 정리되듯 이리저리 쏠리면서 쉽사리 장내 정리가 되곤 하였다.

그때마다 그녀와 나도 더 세게 밀착되었다. 그렇게 약간 떨어지고 밀착되기를 수차례 드디어 서로의 몸이 익숙하게 반응하는 정도까지 이르게 되었다. 아마 안성을 거쳐 평택쯤에 왔을 때 처음으로 내가 말을 걸었다.

"힘들죠? 어디까지 가시죠?" "안성이 고향이신가요?" 등등.
그러자 그 소녀도 너무나도 상냥하게 미소까지 띠면서 대화에
응해 주는 것이었다. 자기 집은 부천 소사이고 안성 죽산에
양 면장(전에 면장을 하신 듯)이 자기 외할아버지인데 추석이라 외가
에 왔다가 가는 길이란다. 나이는 19살이고 배화여고 졸업반
이란다.

그때부터 수원터미널까지 오는 시간 약 두어 시간 동안을 원
래부터 아는 사이처럼 이런 저런 얘기를 하면서 오니까 버스가
털털거리든 몸이야 끼든 말든 얼마나 즐거운 여행길이었는지…
드디어 수원에 다 들어올 즈음 이제 나는 내릴 준비를 해야겠
다 싶어 마지막 마무리 인사를 하려는데 혹시 자기 집 주소를
지금 일러주면 외울 수 있겠냐는 것이다. 내가 묻고 싶은 걸 눈
치챈 것일까? 반복해서 주소와 이름을 불러주고 나는 암기하고
꼭 편지하겠노라 다짐하고 아쉬운 작별을 하게 되었다.

수원터미널에 내려 즉시 근처 가게에 들어가 귀영초(아리랑 담

배) 5갑을 사고 필기구를 빌려 그 소녀의 주소, 성명을 메모해서 소중히 간직하고 귀대하였다. 다시 일상의 비행장에서의 군 생활이 시작되었다. 그로부터 일주일, 이삼 주쯤 지나자 모질게 마음먹고 참고 뜸 들이던 그녀에게 편지를 쓰게 되었다. "그날 잘 갔느냐?" "무척 힘들었겠구나." "처음 만났지만 동생처럼 마음에 들었다." 등등 한두 장 정도 썼던 것 같다. 즉시 답장이 오고 스스럼없이 나를 오빠라고 부르기도 했다.

그러기를 두 달쯤 지나자 외출 때 서울에서 만나잔다. 드디어 약속한 토요일(보통 토요일의 외출은 오전 11시 반쯤부터 시작된다) 약속 시간은 오후 2시 서울역 맞은편(지금의 대우빌딩 자리)에 있는 '역마차 다방'이었다. 들뜬 마음으로 군복을 다려 입고 사제단화를 반짝반짝 닦아 신고 정문으로 12시쯤 통과를 하는데 정문에서 헌병의 복장검열에 사제단화가 걸리고 만 것이다.

여간해서 신발 가지고 시비 거는 일이 없었는데 그날따라 그걸 문제 삼는 것이었다. 군용신발이 아니니까 어쨌든 군기 위반은 사실이었으니….

아무리 사정을 해도 나 하나가 아니니 도저히 통하질 않는 거다. 시간은 자꾸 흘러서 벌써 2시가 임박해오고 할 수 없이 내 숙소(108대대 약 1㎞)까지 뛰어가서 사제단화를 군화 바꿔 신고 정문에 가니 벌써 2시 30분, 부랴부랴 버스를 타고 서울역에 갔겠다. 그땐 수원에서 서울역까진 한 시간 반은 걸리던 시절, 역마차 다방에 당도하니 5시가 거의 다 된 시간이었다.

다방 내부를 두 바퀴, 세 바퀴 돌아보아도 그녀는 보이질 않고 카운터 옆에 메모꽂이판이 눈에 들어왔다. 메모를 찾으니 낯익은 그녀의 글씨로 된 메모지가 우물정자로 접혀 꽂혀 있었다. '무슨 일이 있는지 걱정이 된다고… 기다리다 간다고… 꼭 편지해 달라고….'

한순간에 맥이 확 풀리는데 딱히 서울에 다른 볼일이 있는 것도 아니고 길도 잘 모르니 그냥 수원으로 내려오게 되었다. 그 후 즉시 내가 편지를 하고, 도 답장이 오고, 이번엔 자기가 수원으로 오겠단다. 약속한 날 그녀가 수원으로 내려오고 내가 외출을 나가 일요일 하루 극장구경도 하고 정말 즐겁게 놀다 올라갔다.

그녀를 만난 지 이제 4~5개월은 된 듯싶을 때 그녀에게 시련(?)이 닥쳐왔다. 대학입시에서 낙방하고 만 것이다. 그 대목만은 내가 뭐 어쩔 수 있는 게 아니고 본인이 시련을 극복하고 1년 재수를 해서 재도전하는 수밖에 없었다. 그때 머리도 식힐 겸 내게 면회를 오겠단다.

그런데 그 휴일은 내 방(나, 상등병, 또 한 사람 일등병)에 후임이 먼저 약속을 한 상태라 나는 외출을 할 수 없었다. 그러나 면회를 오면 오후 5시까지는 비행장 안에 면회객을 초대해서 구경도 시키고 라운지에서 식사도 할 수 있었다. 그래서 그날은 11시쯤 면회소에 가서 그녀를 데리고 비행장 안으로 들어왔다. 우린 라운지에 가서 밥도 먹고 내 생활이 궁금하다기에 우리 직감 실(두 사람이 쓰는 방)로 데려왔다. 내 숙소는 비행장 활주로 끄트머리쯤 외진 곳에 있고 일요일은 비행이 없는 관계로 부대병력의 2/3는 외박이고 정말 적막강산처럼 고요한 상태에 있었다.

그런 조용한 외딴 직감 실에 그녀와 단둘이 있게 되니 내심 기분은 좋은데 영 어색하고 또 다른 환희의 세계는 언감생심

꿈도 못 꾸고…. 그저 내 침대에 둘이 걸터앉아 의미도 없는 얘기만 주고받고 한 것이 전부였다.

그런데 이건 또 뭔 일인가? 한참을 얘기하고 듣고 하는 중 계속해서 얘길 듣고 있는 줄 알았는데 살며시 내 어깨가 눌리는가 싶더니 어느새 그녀가 내 어깨에 얼굴을 묻고 한쪽 팔은 내 허리에 두르고 새근새근 잠들어 있는 것이 아닌가? 이 상황을 어찌해야 하나? 만약 내가 한 번이라도 이성 경험이 있었다면 아마도 또 다른 환희의 순간을 만들 수도 있는 절호의 기회일 수도 있었겠지만 난 순진한 건지, 쑥맥인 건지 감히 그런 것은 꿈도 못 꾸었으니…. 그저 혼란스러우면서도 날아갈 것 같이 기분 좋은 것만은 사실인데 얼핏 내가 중학교 교과서에서 읽은 알퐁스 도데의 「별」이라는 단편소설이 생각나는 것이었다.

"내가 알프스 산에서 양을 치는 목동이었을 때의 이야기입니다."로 시작되는 순정단편이었다. 그 「별」에 나오는 목동의 순수한 사랑…. 그가 평소 흠모하는 주인집 딸 스테파네트 아가씨가 평소에 오는 주인집 하녀 노라노 아줌마를 대신해서 알프스 산속에서 혼자 양을 치던 목동에게 식량을 날라다 주기 위해 왔던 것이다.

　그리고 가는 길에 그만 비가 너무 많이 와서 나귀가 냇물을 못 건너 다시 그 목동에게 돌아와 깊은 산 속에서 단둘이 하룻밤을 지내는데 하늘에 무수히 많은 별을 보며 별 이야기를 하다가 그저 순수하기만 한 아가씨는 목동의 어깨에 머리를 대고 잠들고 말았다.

　외딴 숲 속에서의 그와 같은 광경은 다른 사람이었다면 평소 흠모하던 주인집 따님과 또 다른 밤의 환희가 펼쳐질 터이지만 이 순수하기만 한 목동은 정말 소중하게 아가씨가 깰세라 잠재우면서 자기 내면의 갈등을 인내하며 저 하늘의 아름다운 별 중에 가장 아름다운 별 하나가 지금 내 어깨에 내려와 앉았다고 생각했다는….

　날이 밝자 아가씨가 목동의 사랑을 아는지 모르는지 다시 명랑한 태도로 나귀를 타고 떠나는데 그 나귀가 가면서 발에 채여 냇가로 굴러떨어지는 돌멩이 소리 하나하나가 천둥처럼 가슴을 내려치더라는, 대충 그런 아름다운 문장이었다. 그땐 그 소설이 너무 좋아 달달 외울 정도로 여러 번 읽은 적이 있다. 왜 그런 상황에서 내가 그런 생각을 하게 됐는지 정말 이해가 안 되는 일이었다. 가뜩이나 소심한 성격인 내가 그것을 생각하니 그저 깨어날 때까지 목동의 어깨가 될 수밖에….

아마 한 시간은 족히 그런 자세로 있었던 것 같다. 드디어 힘겨운 듯 눈을 뜨더니 이젠 헤어져야 할 시간인 것을 알아차리고 옷매무시를 고치고 어색하게 밖으로 나와 비행장 정문으로 향하게 되었다. 그때 아직도 기억에 남아 있는 것이 있다. 정문까지 가는 도중 작은 도랑이 하나 있었는데 약간 펄쩍 뛰어넘게 되어 있는 하수도 비슷한 것이었다. 그녀가 앞에 가고 내가 뒤에서 건너는데 도랑이 좀 넓다 싶어 그녀의 등을 내가 살짝 밀어주는데 그때가 5월이라 하늘하늘한 블라우스만 입은 상태인지라 그대로 등의 살 감촉이 내 손에 전해오는데 얼마나 그 감촉이 부드럽던지 내 손바닥에 살점이 묻어나지 않을까 할 정도로 그 여운이 여러 날 가시지 않았던 기억이 난다.

이로써 군대생활 3년 동안 처음이자 마지막인 '면회'가 끝난 것이다. 정문에서 그녀를 배웅하고 돌아오면서 후회인지 아쉬움인지 자꾸만 멀어져가는 그녀의 뒷모습을 돌아본 것은 그

래도 어쩔 수 없는 본능이었을까? 그 후로 금방 올 줄 알았던
그녀에게서의 편지는 좀처럼 오질 않았다. 나는 기다리다 못
해 조바심까지 나서 수없이 편지를 썼다.

그러나 역시 묵묵무답默默無答….

난 그날 너무 잘 참고 잘한 것 같은데 그녀는 왜 내가 싫어
진 걸까? 정상적인 셈법으로 답이 영 나오질 않았었는데 내가
더 어른이 되고 이성의 심리를 조금 알게 되니까 그날의 사건
이 그녀의 잘못도 아니고 그렇다고 또한 내 잘못도 아닌 짧은
인연 때문이 아닌가 싶었다.

후일담

'용기 있는 사람이 미인을 차지한다'고 했던가? 인생을 살아보니 때론 너무 상대방을 배려하고 지나치게 예의 바르고 상식에 어긋나지 않을까? 이러면 될까, 저러면 안 될까를 생각하는 소심증에 시간을 보내고 있는 사이에 나보다 뒤늦게 출발한 어떤 이가 저만큼 앞서 달리고 있는 장면을 여러 번 목격하게 된다. 그러나 인생이란 자신의 선택을 자신이 책임지는 것! 자신의 가치관과 자신의 인생관을 그 누구와 바꿀 수 있으며 자신의 철학을 그 누가 판단할 수 있단 말인가? 그것도 잘난 체라면 대가를 지불해야 되는 것이고 자신이 배려하고 후회한다면 그것은 거짓배려일 것이다. 때로는 값으로 계산할 수 없는 나의 어리석은 선택이 땅의 계산으로는 엄청난 손해를 보아도 하늘계산으로는 무수한 별이 내 앞에 엎드리는 놀라운 상급으로 되돌아올 수도 있다는 것을 나는 어렴풋이나마 깨닫게 되었다.

김종민
자전칼럼
8

누구든지 날 한 번만 써봐라!
- 20대 후반~30대

내가 객지생활을 시작한 것은 공군에서 제대한 후 고향에서 양계사업도 해 보고 농가경제조사원도 해 보고 하다가 내가 이렇게 안일하게 살다간 인생의 희망이 없겠구나 싶어서 딱히 취직자리가 있는 것도 아니고 누가 오라는 것도 아닌 서울로 무작정 상경을 하고부터다.

가방끈이 짧으니 마땅히 입사지원도 여의치 않고 기술이나 돈이 있는 것도 아니니 취업이 여간 어려운 게 아니었다. 다행히 너무나도 고마운 군대 선배님의 배려로 그 댁에서 염치불구, 신세를 지면서 취업 구걸하기에 이르렀다. 그럴 때마다 내가 수없이 다짐하고 다짐했던 각오가 바로 "누구든 날 한 번만 써보라!"였다.

그렇게만 되면 내가 정말 분골쇄신으로 주인 마음에 200% 쏙 들도록 내 성실함과 정직함을 보여주리라 자신하고 있었다.

그러나 그때나 지금이나 사회는 사람을 평가할 때 우선 객관적인 조건만 평가하게 되지 전인평가全人評價를 하지 않는 게 아닌가!

학벌, 성적, 외모, 소위 '빽' 아니면 '쩐(돈)'의 수준 등 어느 것 하나라도 내놓을 게 있어야 하는데 오로지 "나는 정직하고 성실합니다." 아무리 외쳐봐야 누가 그걸 들어주겠는가? 낯선 서울에서 그 고마운 선배님 댁에서 신세를 지는 것도 한계에 다다를 즈음 상경 후 약 1년 만에 간신히 을지로에 있는 '비철금속상회'에 점원으로 취직되었다.

그때 나이가 벌써 스물일곱 살, 우선 늦은 출발이었다. 그러나 얼마나 다행스러운 일인가? 그때 경기도청 말단에서 농업

통계를 할 때는 급여가 7,000원 정도였는데 이곳 첫 월급이 1만 2,000원을 받게 되었으니….

취직 후 정말 열심히 일하면서 악착같이 5~6개월 모으니 약수동 산꼭대기 판잣집에 월세방은 하나 얻을 수 있게 되었다. 월세방에선 잠만 자고 아침밥은 그 선배님 댁까지 내려가서 얻어먹고 점심, 저녁은 회사에서 대충 해결하고 비철금속(신주, 동, 철, 알루미늄 등)판매, 배달, 수금, 주문 등의 업무는 물론 아침저녁 가게청소까지 하면서 정말 열심히 일했다.

그 업체의 주인은 이북 개성 분이신데 학벌도 전혀 없으신 분이 6·25 때 피난 와서 남대문에 작은 철물점 점원으로 시작해서 조그맣게 자신의 가게를 독립 운영하여 15년 만에 아주 큰 부자가 된 분이었다. 우리 회사는 물론 그 건물 5층짜리도 그분 소유로 그것 말고도 을지로에 세를 받는 빌딩이 3~4개더 있을 정도였다. 그분은 신용 하나로 사업을 하는 분으로서 은행당좌나 대기업어음보다 그분의 문방구에서 파는 약속어음 하나면 금융계에서 보증수표로 통하는 분이었다. 특별히 학벌이 좋은 분도 아니고 더욱이 개성에서 피난 오신 분이 그렇게 큰 부자가 된 것은 그분의 '신용'이었던 것이 분명하다.

우리가 쓰는 건물도 1층은 우리가 쓰고 기타 4개 층은 월세를 받는데 어려운 회사엔 절대로 월세를 올리는 일이 없고 1층부터 5층까지 계단 및 화장실 청소까지 그 돈 많은 사장이 아침마다 직접 하는 것이었다. 그러더니 어느 날 나를 조용히 불러 자기가 입던 겨울 세무잠바며 몇 가지 옷을 가져다주면서 김 군이 참 마음에 드니 오랫동안 같이 있었으면 좋겠다. 그리고 다른 사람들과의 형평성도 있으니 내가 월급은 더 줄 수 없고 대신 아침마다 한 30분 일찍 나와서 내가 하고 있는 빌딩청소를 대신 해 주면 5,000원을 더 주겠다는 것이다. 나는 물론 오케이였다.

또한 사모님이 나오셔서 "고향은 어디냐?" "가족은 어떻게 되느냐?" 등을 상세히 묻는 것이 아마도 그 집에 딸들이 많다 보니 아마 총각들에게 관심이 많았던 것 같다. 그런데 그분들이 생각하는 그 딸이 고3인가 그랬고 그 위로는 정혼한 딸이 있었다. 암튼 사장님 내외가 나를 좋게 보신 것은 사실인 것 같았다.

그때부터 회사직원 4~5명 가운데 내가 제일 먼저 출근해서 사무실 청소, 빌딩계단, 화장실 청소까지 마치고 아홉 시가 되면 회사일 하고 바쁘게 살면서 그만큼 수입은 늘어서 좋은데 화장실 물청소가 만만한 게 아니었다. 여자들 화장실이 그렇게 더러운 줄도 처음 알았다. 별의별 뒤처리오물을 그대로 변기에 넣어 막히게 하질 않나, 보기도 흉한 생리대를 그냥 휴지통에 버리지를 않나, 그땐 정말 문화수준이 엉망이었던 것 같다. 여자들은 왜 남이 보는 외모에는 그렇게 신경을 쓰면서 가장 문화적이어야 할 뒤처리는 그렇게 엉망인지, 실망스럽기까지 한 것이었다. 어쨌든 내가 돈을 받고 하는 일이니 열심히 치우고 쓸어내고 계단까지 걸레질로 마무리하면 약 한 시간 정도 걸리고 구두와 바지가 온통 물에 젖기 일쑤였다.

그렇게 열심히 한 2년여 근무를 하는데 어느 날 군대에서 아주 절친했던 동료가 날 찾아왔다. 그 친구는 나보다 한 살 위이지만 군대는 나보다 후임이었다. 그 친구는 아주 유복한 가정에서 최고학부까지 나오고 경제적으로도 넉넉한 편이었다. 그런 친구가 유독 군에서부터 나를 좋아해서 가깝게 지내는 사이였다. 그런데 그 친구는 수유리에서 건축업에 종사하고 있었다.

단독주택도 지어서 팔고 건축자재상(벽돌, 블록, 슬레이트 등을 생산
판매)을 운영하고 있었다. 그러자 내가 있는 곳을 알게 되니까
이틀이 멀다 하고 수시로 찾아와서 같이 그 사업을 해 보잔
다. 물론 지금 하고 있는 일도 잘 배워서 창업할 수도 있겠다
싶지만 우선 날 그토록 믿고 원하는 그 친구의 마음도 고맙고
나 또한 건설업은 큰 자본이 없어도 잘하면 한번 해볼 만한
사업이라 생각이 들어 같이 하기로 하게 되었다.

드디어 주변의 만류에도 불구하고 그 친구와 함께 건축업
및 건축자재상에 임하게 되었다. 그런데 그때가 아마 1970년인
가 싶은데 건축경기에 엄청난 불황이 닥쳐왔다. 그땐 집장사들
이 단독주택 하나 지어서 2~3개월 살다 팔고, 또 하나 짓고 하
는 영세 건축업자들이 주로 우리 건재상 단골손님이었다. 그런
데 부동산 경기가 나쁘다 보니 집 짓고 살다가 손해 보고 팔
면 외상으로 가져간 우리 물건값은 떼어먹고 도망가기 일쑤고,
앞으로 남고 뒤로 밑지는 그야말로 적자 운영의 연속이었다.

엎친 데 덮친 격으로 수유리에 우리도 3층 주택을 두어 채 지었는데 일반주택 세 배 정도의 건축비가 들었지만 빨리 안 팔리니까 한 달한달 관리유지비, 하자보수비는 눈덩이처럼 불어나고 1년 반 후에는 거의 반값에 매매하게 되고 도저히 회사를 운영하기가 어렵게 된 것이다. 그러다 보니 그 친구는 그 당시 그의 어머니가 보기 드문 엘리트이신지라 부유한 미국인과 재혼을 하시고 미국 디트로이트로 가시게 되었다.

그러니까 결국은 그 친구도 회사를 접고 미국이민을 결심하게 되고 나는 그 친구 처삼촌이 지방에서 그 당시 집권당의 군 사무국장으로서 교과서 공급소를 운영하고 있었는데 오가며 나를 봐온지라 같이 일할 것을 제의해온 것이었다. 어차피 다른 일자리를 찾아야 하는 입장인 나는 나를 밀어주는 그 제의가 고마워서 급여고 뭐고 묻지도 따지지도 않고 무조건 시골로 내려가게 되었다.

교과서공급도 그때는 국정교과서, 검인정교과서, 고등교과서를 학교의 주문을 받아 교학사 등의 출판사에서 일괄 구매하여 학교에 배포하는 각 시, 군마다 지역교육청에서 지정한

독점사업장이었다. 그곳은 중, 고등학교가 11곳, 초등학교가 38개교가 있었는데 경기도 끝자락(강원도 경계)의 그야말로 오지 중의 오지이다 보니 업무가 그리 쉬운 것은 아니었다. 그래서 자전거로, 오토바이로, 삼륜차로 주문을 받고, 공급하고, 수금하고 1인 3역을 도맡아 하고 있었다. 이젠 시골생활도 많이 적응하고 업무도 무난히 감당하고 교육계나 서울 공급사에서도 나를 인정하게 될 즈음 내 신상에 일생일대의 가장 중대한 사건이 발생하게 되었다.

그때까지 난 독신주의였다. 어려서 어려운 가정형편에 여러 형제들 틈에 자라다 보니 세 살 위 형, 세 살 아래 동생 때문에 난 학교에 다니면서 수학여행 한 번 가본 일이 없고(맨날 양보하다 보니) 새 교복을 입어본 일이 없고 새 교과서를 한 번 사본 일이 없었으며 항상 형이 쓰던 거, 형이 입던 거 내려받는 착한 동생이었으니까….

그래서 "내가 독신이면 얼마나 좋을까?" 하는 생각이 머리에 남아 있었다. 그래서 난 이담에 어른이 돼도 장가 안 가고 혼자서 편하게 살리라 마음먹고 있었다. 그런데 그런 나의 평소 소신을 바꾸게 만든 사건이 발생한 것이다.

아내가 된 지금의 님을 그곳에서 만나게 된 것이다. 그때나 지금이나 나도 동안인 데다가 워낙 사람을 좋아하고 긍정적으로 생활하다 보니 주위 사람들로부터 호평도 꽤 받는 편이었는데 그때까진 한 번도 누구를 만나 가정을 꾸리고 산다는 생각을 해 본 적이 없는데 이 사람과는 접촉(업무상)할수록 차츰 여자로 느껴지고 같이 있고 싶은 욕심이 생기는 것이었다.

길게 기른 노르스름한 머리, 하얀 블라우스에 검정치마에서 풍기는 건강미 넘치는 청순함이 좋았고 언제 보아도 명랑쾌활한 성격에 거기다 지역에서 소문난 우등생이었다. 조건을 따지면 야 내가 한참 못 미치지만 인연이란 게 정말 있긴 있는 모양이었다. 그야말로 우여곡절 천신만고(?) 끝에 우린 가정을 이루게 되었다.

그 무렵 나는 시골에서의 생활을 끝내고 서울로 올 수밖에 없는 사건이 발생하였다. 그 당시 떠들썩했던 검인정교과서공급비리사건이 터져서 공직자들이 무더기로 구속되고 파면되는 아주 큰 사건이었다. 그리하여 교과서공급 체계가 완전히 바뀌어버린 것이었다.

결국은 빙빙 돌아서 다시 상경은 하였는데 딱히 일자리가 있는 것도 아니고 '빽'이라곤 "누구든 날 한 번만 써봐라!"라는 결의만 가슴에 품고 진흙에 묻힌 보석(?)을 복 많은 누군가가 발견해 주기만을 기다릴 뿐이었다. 상경 후 1년여 기간 마음고생, 돈고생으로 정말 100년처럼 힘든 시간이었던 것 같다. 그러던 중 학수고대하던 모두가 알 만한 건설회사에 드디어 취직이 되었다.

1975년 5월 15일 내 나이 서른두 살이 돼서야 직장다운 직장에 첫 출근을 하게 된 것이다. 첫 월급이 5만 원(그 당시로는 꽤나 많은 액수였다), 근무부서는 업무부(공사수주, 수금을 담당하는 부서)였다. 출근을 하고 보니 동료직원들은 보통 27~28세에 입사해서 내 나이 또래는 계장, 대리, 과장으로 중견 대우를 받는데 나는 늙은 신입사원이었다.

5~6년의 갭을 줄이려면 무조건 열심히 해서 뭔가 보여줄 수밖에 없는 처지에 놓였다.

우선 남보다 한 시간 일찍 출근하여 한 시간 늦게 퇴근하면서 업무 익히기에 최선을 다하였다. 드디어 사내에 나에 대한 좋은 평이 돌 즈음 어느 날 업무부를 관장하고 계시던 전무님의 어려운 지시가 떨어졌다.

건설회사는 수주업무가 회사의 흥망성쇠의 기본이므로 그 어떤 업무보다 비중이 큰 업무였다. 그래서 중요한 수주관계로 사람을 하나 꼭 찾아야 했는데 그 당시는 통신수단이 좋지 않던 시절이라 떠돌아다니는 사람을 찾기가 그리 쉽지 않은 시절이었지만 회사 공사수주는 꼭 찾아야 하는 사람이 있었다.

그 사람을 찾기 위하여 이름과 주소를 받아들고 그 사람의 주소지인 서울의 상도동 판자촌을 찾아갔으나 그분 부인의 말로는 토목 일을 하는 그 사람은 벌써 집을 나간 지 1년 가까이 됐는데 광주 쪽에 간다는 말만 들었을 뿐 영 소식이 없단다. 그러나 어쩌랴. 이 사람을 찾아야 우리 회사가 공사 수주를 할 수 있다니….

사무실로 돌아와 대충 보고를 하니 여비를 두둑하게 주시면서 며칠이 걸려도 좋으니 찾아보라는 것이었다. 그때 2층 경리부에서 부장님이 나를 찾는다기에 내려갔더니 그 부장님 왈

다짜고짜 짐 싸들고 담 주부터 경리부로 내려오란다. 아니 이제 업무에 좀 익숙해져 가고 또한 출장을 가야 할 시점에, 또한 나는 졸업은 상고 출신이지만 3학년만 다녔기에 상업에 대한 실력도 없고 더욱이 돈을 만지는 일은 적성에도 맞지 않을뿐더러 '대차대조표' '차변' '대변' '전표' 하나 끊을 줄 모르는데 경리부에 가서 내가 뭘 어쩌겠다는 말인가?

극구 못 가겠노라 했더니 버럭 화를 내시면서 "당장 때려치워라." 하는 것이 아닌가? 정말 얼굴이 화끈거리고 가슴이 두근두근하고 견딜 수 없는 모욕감에 치가 떨리지만 어쩌겠는가? 나는 신입사원이고 상대는 이 회사를 쥐락펴락하는 회장의 맏사위로 경리부장이시니…

이빨이 부러져라 인내하고 퇴근하면서 이 회사도 오래 못 있겠구나. 예감하면서 다음날(일요일) 출장을 가기에 이르렀다. 설령 그만둘 때 그만두더라도 하명받은 업무는 수행하고 가겠다, 마음먹고 집을 나오면서 공중전화로 경리부장님 댁에 감히 전화를 걸었다. 도저히 그냥은 못 가겠고 한마디 해야만 마음이 진정될 것 같아서 용기를 내었다.

그런데 이게 웬일인가? 처음 전화를 받은 사모님은 말할 것도 없고 부장님도 전활 바꾸더니 어제 그분이 아닌 것처럼 정말 반갑게 받으면서 출장 잘 다녀와서 식사나 한번 같이하자는 게 아닌가? 사람의 마음이 왜 그리 간사한지…. 그 순간 분하고 서운했던 내 감정이 한순간에 사라지면서 조금 전의 졸렬했던 내 감정이 정말 부끄러워지는 것이었다. (그로부터 지금까지 정말 인생의 주군처럼 모시게 된 계기가 되었다.)

일단은 가벼운 마음으로 광주 출장을 가게 되었다. 광주라면 경기도와 전라남도 두 곳인데 우선 경기도 광주가 거리도 가깝고 또 작은 시골 군 단위 농촌이니 그곳을 먼저 수색하고 만약 허탕을 치면 다시 전라도 광주로 가기로 마음먹고 경기도 광주로 향했다. 아무리 적은 농촌이지만 이름 석 자에 건설 쪽 일한다는 것만 알고 찾으려니 우선 계획을 세워야 했다.

근처 오토바이가게에 가서 보증금과 주민등록증을 맡기고 오토바이를 한 대 빌려 기름을 만탱크 넣고 군청, 농협, 농지개량조합 등을 차례로 방문하면서 군에서 진행 중인 공사현장(토목, 건축) 조사를 하였다.

대략 열대여섯 군데 학교공사와 도로공사 저수지공사현장이 있었다. 벌써 해 걸음이라 몇 군데 못 가겠지만 우선 가까운 곳부터 방문조사를 시작했다. 오토바이로 부지런을 떨었는데도 네 군데 정도 가니까 어두워져서 일단 중단하고 광주읍내 여인숙으로 와서 1박을 하게 됐다.

다음날 기상과 동시에 대충 씻고 다시 현장조사를 시작했다. 그야말로 물샐 틈 없는 저인망식 수색작전에 돌입한 지 하루 반나절 현장조사 열두 군데 만에 드디어 저수지 댐 공사를 하고 있던 토목공사현장에서 그분을 찾을 수 있었다. 그분은 그곳에서 십장 노릇을 하고 있었던 것이다. 얼마나 반갑던지 무조건 오토바이 뒷자리에 태우고 가면서 얘기하자고 하고 명함을 주며 안심시키고 전화가 있는 광주읍내로 데리고 오면서 자초지종을 설명하였다.

광주읍내에 도착하자마자 일단 본사에 전화로 알리고 그분과 통화를 시키고 곧바로 버스 편으로 서울로 모시고 왔다. 우선은 내가 맡은 첫 번째 업무는 무사히 마치게 되었고 그 일을 계기로 어느 정도 업무에 자신감도 생기게 되었다. 그러나 그것으로 업무부 일은 끝나고 다음 날부터는 별수 없이 경리부로 내려갈 수밖에 없었다.

다만 경리부로 가기 전에 부장님께 분명히 해두고 싶은 게 있었다. 난 졸업만 상경계지 사실은 경리업무는 전혀 모른다는 것, '차변', '대변', '전표' 등 주관까지도 말이다. 그래서 부장님께서 약속하신 식사를 하자고 전화를 했다. 다행히 쾌히 응해 주셔서 근처 식당 '유미정'에서 독대를 하면서 내 심경을 말씀드렸더니 부장님도 자신에 대한 신상 얘기며 앞으로의 회사 프로젝트(아파트)에 대한 구상까지 소상히 말씀하셨다.

"당신이 경리부에 와서 경리를 하라는 게 아니다. 앞으로 시작할 아파트사업을 준비하고 담당해줬으면 한다."는 것이었다. 마침 건설 쪽은 나도 조금은 상식이 있고 인허가 준비, 분양준비 같은 거라면 자신이 있을 것 같아 정말 감사하게 생각하고 그 업무를 담당하게 되었다.

그때가 1975년도 지난 몇 년간 부동산경기가 바닥을 치다가 서서히 기지개를 켜는 시기였던 것 같다. 우리 회사가 처음 시작한 아파트사업이 현재 강남구청 앞 언덕바지에 250세대(23평,

28평) 두 필지였다. 그때만 해도 우리 회사가 아파트사업은 처음 진출하는 것이라 토지구입부터 인허가, 분양업무 등 기초부터 배워가며 하는 수밖에 없었다. 허가서류부터 은행대출업무까지 토지대장, 등기부등본, 도면 등 기초서류준비를 혼자서 하자니 눈, 코 뜰 새 없이 바쁜 나날이었다. 그러나 부장님의 진두지휘 아래 모든 지원을 받아 가며 몇 번의 시행착오 끝에 드디어 허가를 받게 되었다. 허가를 받고 현장이 개설되고 착공까진 했는데 이제 가장 중요한 분양을 해야 할 차례였다.

그 당시 서울 시내 아파트라고 하면 구반포주공아파트, 청계천과 서대문시민아파트가 전부이고 여타 건설사들도 아파트사업을 준비하고 있던 시기였다. 그러다 보니 아파트에 대한 주거개념이 지금 같지 않고 마치 성냥갑 속에 산다는 그런 인식으로 부동산가치를 모르는 시기였다. 또한 딱히 분양방법도 정해진 매뉴얼이 있는 것도 아니고 그저 신문 공고하고 팔면 되는 것인데 만약 분양을 시작하고 미분양물량이 많으면 공사대금도 그렇고 자칫하다간 회사의 사활이 문제가 될 듯도 싶었다.

그러나 다행히도 부장님이 명문고와 명문대 출신이고 매사에 긍정적이고 아이디어가 많은 분이라서 기발한 영업 전략을 많이 게시해 주셨다. 우선 한 필지 120세대는 우리가 자체로 조합을 구성해서 조합원 분양을 하고 한 필지 130세대는 우리가 공사 시 양회를 많이 쓰다 보니 양회협회와 접촉해서 그쪽 후원사 주축으로 조합을 구성해서 분양하기로 하였다. 우리 한신 사우아파트조합은 우선 부장님이 상대 출신이다 보니 은행, 증권사 등 주로 금융계를 주축으로 구성하고 양회협회 조합(양우APT)은 건설사 임직원 위주로 조합을 만들었다.

모든 분양 업무는 내가 총괄하기로 하고 그때부터 아예 가방 하나 들고 계약금, 중도금 수금하러 직장마다 찾아다녔다. 드디어 50% 정도 분양이 되어 계약자를 현장에 모두 초청하여 심지 뽑기로 동, 호수를 결정할 수 있었다. 다만 50%의 미분양은 그대로 발표하면 기존 계약자들이 해약사태가 생길 수도 있으니 친구, 친척, 사돈의 팔촌까지 이름을 동원해서 100% 분양된 것처럼 모든 분양절차를 진행하고 미분양물량은 내가 직장마다 찾아다니면서 분양하기에 이르렀다. 혼신의 노력 끝에 70~80% 분양이 완료되고 그 해 12월 준공과 더불어 입주를 하게 되었다.

　그런데 준공을 하고 입주를 시작하는데 12월 25일경 입주 첫날부터 전기가 안 들어오는 것이었다. 날씨는 춥고 입주자분들이 대개 젊은 분들이라 아이들도 많고 특하나 어느 가정은 만삭인 부인이 있는데 전기는 물론 수돗물까지 안 나오니 얼마나 큰일인가? 전 기술진이 동원돼서 아무리 조사를 해도 한전에선 아파트단지 변압기까진 왔는데 거기서부터 문제가 생겼다는 것이다. 별수 없이 전 직원이 양동이를 가져와 가정마다 물을 퍼 나르고 전기가 안 되니 '유담브(온수물통)'에 물을 데워 하나씩 공급하고 야단법석을 떠는데 그 당시 회장님 실에서 긴급지시가 내려왔다.

　아무런 기술적 문제가 없는데도 해결이 안 되니 우리 고사나 한번 해 보잔다. 얼마나 답답하면 우매한 미신행위라고 할 생각을 하고 그랬겠는가? 그래서 부랴부랴 고사준비를 하고 회사 전 직원이 한마음으로 고사하는 사람, 종교에 따라 기도하는 사람 등으로 부산을 떨고 있는데 갑자기 변압기 쪽에서 시커먼 물건이 후다닥 뛰어내려 도망을 가는 게 족제비 아니던가?

그 순간 번쩍하면서 전깃불이 환하게 들어오는 것이었다. 그 날의 그 사건은 평생을 살아오면서 정말 불가사의한 것이었다. 아마도 추측건대 족제비가 변압기에 숨어들었다가 전기연결장치를 막고 있다가 고사한다고 음식 냄새를 풍기니까 이놈이 갑자기 뛰어내린 게 아닌가 싶기도 한데 도대체 그럼 족제비는 감전이 안 된다는 말인 걸까? 풀리지 않는 수수께끼로 남아있는 것이다. 혹 이 글을 읽고 계신 분들 가운데 정답을 알고 계신다면 같이 식사라도 하면서 풀어보고 싶다.

우선 큰 문제가 해결되어서 입주는 순조롭게 진행이 되었고 다행히 입주는 원활하게 진행이 되었으나 일부 미분양세대도 있었고 기분양세대도 중도금, 잔금 등 수납이 원활치 못하니 수시로 독촉장 보내고, 007가방 하나 들고 직장마다 찾아다니면서 수금을 하고, 수금한 돈을 들고 버스를 탔다가 쓰리(소매치기)를 당할 뻔한 적도 여러 번 있었다. 또한 기입주한 주민들은 대개가 아파트생활이 처음인 분들이 많아서 각종 컴플레인을 거는데 어떤 것은 타당한 것도 있지만 부당한 시비를 거는 분들도 있었다.

유독 까다로운 입주자 한 분이 기억에 남는데 그분은 당시 40대 초반 우리나라 사학의 명문인 K 대학교수로서 아마 논문을 쓰시는지 매일 집에서 글을 쓰며 지내는 분이셨다. 이분이 얼마나 꼼꼼한 분이신지 집안 구석구석을 조사해서 20~30가지 하자사항을 적어놓고 아침 10시쯤이면 어김없이 자기 집으로 호출하는 것이었다. 나는 또 귀하신 입주고객님께서 부르시니 한걸음에 달려가면 보통 11시쯤 되는데 그때부터 자기 집에서 점심을 먹어가면서 오후 4~5시까지 붙들고 시비를 걸기 시작하면 정말 끝이 없었다.

심지어는 컵에 물을 담아 거실 바닥에 부으면서 물이 한쪽으로 흐르면 집을 비뚤게 지어서 그렇다는 둥 일일이 열거할 수도 없는 내용을 가지고 옥신각신 나와 종일 설전을 벌이고 5시가 되면 겨우 해방이 되고 그러기를 약 한 달 내는 되었다. 그분의 부인은 너무 착한 분이셔서 나를 볼 때마다 미안해서 어쩔 줄을 모르고…. 그러나 나는 영업사원으로서 절대로 다투지 않으려고 안간힘을 했으며 또한 개중에 타당한 하자사항은 회사 시공 팀으로 하여금 신속히 처리해드리도록 노력하였다.

그러던 어느 날 드디어 그 지리한 싸움(?)도 종전의 날이 오고야 말았다. 그날도 호출되어서 그 집에 당도하니 거실 바닥에 쓰다만 원고가 너저분하게 널려 있는데 의외로 상냥하게 근처 일식집에 점심을 먹으러 가잔다. 아니 요구사항도 있을 텐데 업무 얘긴 아예 꺼내지도 않고 같이 식당으로 가서 간단한 식사주문을 하고는 내게 새삼스레 악수를 청하면서 꺼낸 첫마디. "당신은 한신의 보배야!" 나는 그저 어안이 벙벙해서 듣고만 있자니까 그 사람 왈 지금까지 자기가 미국생활도 하고 귀국해서 대학교수하면서 수많은 사람을 만났는데 왠지 자기와 한두 번 만나면 그다음부터는 자기를 모든 사람들이 회피하더란다. 그래서 그 이유를 생각해 보니 자기 자신의 결벽 중, 불신 중 그리고 부정적인 성격 때문이라는 걸 알았단다.

그래서 그걸 고쳐보려고 애를 쓰는데도 어려서부터도 원래 갑부 집안에서 자라다 보니 안하무인이 된 성격이 쉽게 고쳐지지 않더란다. 그러다 보니 가급적 외출도 안 하고 강의준비나 모든 일정을 집에서 보낸단다. 그런 중에 아파트에 처음 입주하게 되니 너무 눈에 거스르는 게 많아서 당신을 부른 건데 처음엔 그저 '갑'의 입장으로 큰소리를 치는 재미에 당신을 괴롭혔는데 어느 부분에선 당신도 사람인데 아무리 '을'의 입장이지만 속상하고 언짢아 견디기가 힘들었을 텐데 지난 한 달 이상 당신의 얼굴에서 한 번도 그런 반응을 본 적이 없어서 처음엔 무척 의기양양했는데 시간이 갈수록 내가 오히려 당신에게 길들여지고 있다고 여겨지기에 이르렀다는 것이다.

그간 정말 미안했고 고마웠다. 앞으로 나보다 4~5년 아랫사람이지만 친구로 지내자 하는 것이었다. 그게 무슨 돈이 생기는 것은 아니었지만 이솝우화에 나오는 '바람과 해님'의 싸움에서 이긴 해님의 기분이랄까? 그 후 그분과는 정말 친하게 지냈고 그분은 그 후 강원도 국회의원으로 출마해서 3선까지 한 것으로 기억된다.

그런데 그 후 또 큰 문제가 하나 발생하였다. 아파트는 준공해서 입주를 시작했는데 주택은행융자(5억 정도, 지금의 화폐가치로 500억 정도)가 안 나오는 것이었다. 회사는 건물 준공만 하면 대출이 될 줄 알았는데 그게 안 되는 것이었다. 그것은 건물용도의 문제 때문이었다. 그땐 큰 건물을 지으면 반드시 방공대피호를 의무적으로 해야 하는데 우린 지하 2동을 건축물대장상 '방공대피호'로 되어 있는데 그 건물이 앞에서 보면 1층이고 뒤에서 보면 지하층이라 너무 아까워서 '슈퍼마켓'으로 사업계획서에 넣고 또 분양을 하게 된 것이었다.

그런데 대출을 받으려면 가옥대장이 제출되어야 하는데 가옥대장상에는 '방공대피호'로 은행에 제출한 융자신청서에는 '슈퍼마켓'이다 보니 '융자불가' 판정이 난 것이었다. 그런 건축법 관계로 다른 대기업들도 융자를 못 받고 있는 실정이었다. 가옥대장상 '방공대피호'를 '슈퍼마켓'으로 바꿔놔야 하는데 그 당시 법으로는 아주 불가능한 일이었다. 만약에 우리 회사가 그 융자를 못 받으면 회사의 사활이 걸릴 정도였고 나 또한 분양책임자로서 그간의 노력이 수포로 돌아갈 수도 있는 상황이었다. 그러니 어쩌랴! 일단 구청 민원실에 가서 담당과 계장, 실장을 모두 만나보았으나 바위에 계란치기 식이었다. 그렇다고 포기할 수도 없는 노릇이고….

어차피 내 소임을 다 못하면 회사도 어려워지겠지만 나도 끝장이라는 각오로 그날부터 구청 민원실로 출근을 하게 되었다. 누가 보든지 말든지 구청 민원실 대기의자에 하루 종일 앉아서 점심때가 되면 담당자가 나가는 데 따라가서 옆에서 밥 먹고 같이 먹어주면 고맙고 아니면 나 혼자 먹고 다시 또 구청에 와서 퇴근 때까지 앉아있고 며칠을 했더니 회사에서도 빨리 들어오라고 난리고 온통 사무실로 걸려오는 전화가 모두 내게 오고 아파트 관련 전화라 직원들이 전화 받느라고 일을 못 할 지경이란다.

그러나 너무도 담담하게 사무실에 들어가서 손 놓고 있을 수는 없었다. 구청에서는 안 되는 서류를 해달라고 떼를 쓴다고 될 일이 아니니 제발 오지 말라는 것이다. 그래서 담당계장에게는 "나는 어차피 이걸 못하면 회사를 그만두어야 하고 회사도 망할 수밖에 없다. 그러니 요 가옥대장에 '방공대피호'를 살짝 지우고 '슈퍼마켓'으로 좀 써주시면 우리가 대출받는 데만 꼭 쓰겠다." 사정사정해 보았지만 그건 여러 사람이 감옥갈 일이란다. 더군다나 그 당시 민원실장이 서울대 고시 출신이라 곧 재무부로 가실 텐데 당신 누구 인생 망칠 일이 있느냐는 것이었다. 정말 옳은 말인 것은 사실이었다.

그러나 우리 회사 수백 명의 직원과 나의 운명은 또 무엇인가? 심하게 떼를 쓰지도 못하고 그저 아침부터 저녁까지 민원실 딱딱한 대기의자에 앉아 있다가 담당이 잔무서류 한 보따리를 싸들고 미아리 집으로 가면(그분은 그때 총각이었다) 택시 타고 따라가서 밤새워 같이 서류를 정리해 주고 심지어는 밤새워 일하고 나니 그 다음 날이 일요일이었는데 아침 일찍 그분의 애인이 찾아와서 퇴계로에 있는 대한극장에 영화 〈벤허〉를 보러 간다기에 내가 얼른 극장 앞에 가서 입장권 2장을 사 들고 기다렸다가 그분들이 도착하는 즉시 극장에 들어가게 하고 나는 인근 다방에서 영화가 끝날 때까지(〈벤허〉는 무척 길었다) 기다렸다가 그분들을 다시 만나 식사대접하고 들여보내고…. 아마 한 달 이상 그렇게 보낸 것 같다.

그러던 어느 날 그날이 1975년 12월 30일인 것 같다. 거리는 온통 연말연시 분위기에 들떠있는데 퇴근시간이 되어 막 일어서려는데 담당계장이 손가락으로 까닥까딱 나를 부르는 것이었다. 당신 가지 말고 잠시 기다리란다. 아마 연말이라 내가 너무 측은해서 밥이라도 먹여주려나 보다 하고 기다리고 있자니 하는 말이 "당신같이 질긴 사람은 〈전설의 고향〉에나 나올 법한 사람 같다. 우리가 당신을 돕기로 했다."며 어렵지만 해결할 수 있는 방법을 제시해 주었다.

밥은 먹는 둥 마는 둥 하고 본사에 전화하니 모두 전무님 댁으로 송년회를 하러 갔단다. 그래 전무님 댁으로 전화해서 직속상관인 경리부장님께 떨리는 음성으로 보고를 하였다. 임무를 완수하고 전하는 보고의 맛은 겪어 본 사람은 짐작을 할 것이다.

새해 년 초 연휴가 지남과 동시에 주택은행 본점 담당기술 과장님께 서류를 제출하고 조마조마하게 기다리자니 한참을 서류를 살피던 과장님이 입을 열었다. 담당 대리를 불러서 "여기 이 회사 빨리 처리해드려! 아주 무서운 분들이야." 하는 것이었다. 이렇게 해서 정말로 너무나 큰 산을 넘게 된 것이었다. 그로부터 86년 말까지 우리 회사는 신반포아파트를 1차부터 27차까지 13,000세대를 분양하는 동안 아파트분양책임자로 일하게 되었다.

그 후 1987년 백화점 신용판매부장으로 입사해서 2000년 전무로 퇴사할 때까지 서울점 지배인을 거쳐 지방출점과 동시

지역책임자로 부임해서 인허가 준공 영업지배인으로 근무하면서 대형유통업체의 출현으로 갑자기 혼란해진 지역상권의 저항과 지방언론기관, 관공서, 지역 어른들, 또한 찾아오는 고객 한 분 한 분, 그 누구에게도 나는 '을'의 입장일 수밖에 없었다.

새벽 6시 출근에 밤 12시 이전에 퇴근해 본 일도 거의 없을뿐더러 휴일, 휴가, 명절, 1년 365일 쉴 수 있는 날이 없었다. 딱히 누가 근무를 강요한 건 아니지만 대형집객시설인 백화점을 몇 개씩 책임진 입장에선 집에 있어 봐야 불안해서 차라리 '필드'에 있어야 마음이 편안하니 어쩔 수 없는 일이었다.

그러나 세세연년, 승승장구할 줄 알았던 회사가 국가적 외환위기에 벽을 넘지 못하고 도산하는 바람에 그간의 공든 탑이 한순간에 무너짐을 어찌할 수 없었다. 그러나 돈도 명예도 한순간에 잃었지만 후회하거나 누구를 원망하지는 않는다. 무일푼으로 상경해서 지금까지 이만큼이라도 살아왔고 주변에 좋은 사람들을 많이 만나고 좋은 이웃을 많이 둘 수 있게 된 것은 오직 나에게 일터를 제공하고 일을 맡겨준 회사 덕분이었으니까!

후일담

성공자는 남다른 노력과 자신을 뛰어넘는 한계에 도전한 사람들이다. 그래서 자신을 극복할 필요가 없고 물려받을 것이 보장된 사람들이 오히려 결과적 실패자가 되는 경우가 허다하다. '우수한 것보다 더 중요한 것은 성실한 것이고 성실한 것보다 더 중요한 것은 정직한 것이다.' 그러나 평가받기 위한 성실은 들통이 나고 정직한 척하는 것도 오래가지 못한다. 다만 자신 앞에 부끄러움이 없는 성실과 자신 앞에 당당한 정직만이 유효하며 그 둘은 때로 인간의 한계를 뛰어넘는 기적을 창출하기도 하는데 그것은 기술로 되는 것이 아니라 자신의 인간에 잔머리를 비워 하늘이 감동하고, 지침 없이 걷고 달리며 주저앉지 않는 발걸음에 땅이 박수쳐 줄 수 있는 사람에게서 나타나는 것이다. 내가 나를 돌아볼 때 늘 상그렇게 살아가려고 노력은 좀 한 것 같다. 나는 나에게 늘 도전했다.

"누구든 날 한 번만 써봐라!"

그래서 가진 것에 비해 훨씬 더 많이 쓰임 받은 것 같다. 그동안 나를 이모저모로 써주신 분들께 새삼 감사를 표하고 싶다. 70이 훅 넘은 지금, 아직도 내 내면에서 들려오는 소리가 있다.

"누구든 날 한 번만 써봐라!"

김종민
자전칼럼

9

우리가 되는 한솥밥 원리
- 40대 초반 이후

　　　　　　내가 처음 백화점에 입사한 것은 사
회적으로 한창 민주화 열풍이 몰아치던 1987년이었다. 전 직
장과 직책이 건설회사 주택사업부 부장을 하다가 백화점에 처
음 입사를 하다 보니 모든 업무가 생소했다. 그러나 회장님의
지시로 신용판매부장이라는 중책을 맡게 되었다. 카드발급에
서부터 카드행사, 매출관리, 카드대금 수납업무, 연체관리 등
을 담당하는 부서다. 그 업무를 맡고 2~3년 하다 보니 백화점
생리도 어느 정도 알게 되었고 어깨너머로 영업업무도 조금씩

배워가고 있었다. 그러던 중 전임 영업지배인이 퇴사하는 바람에 그나마 신용판매부장을 조금 해봤다고 내가 그 지배인 자리로 발령을 받게 되었다. 전임 지배인들은 모두 백화점 근무경력이 화려한 그야말로 유능한 영업맨들이었는데 나는 그야말로 그 분야엔 내 휘하에 있는 영업매니저만큼도 영업을 모르는 문외한이었지만 회사 사정상 어쩔 수 없이 내가 지배인을 맡게 된 것이었다.

그야말로 닳고 닳은 입점업체와 어디로 튈지 모르는 수백 명의 직원들을 지휘통솔해서 회사의 이익을 창출해야 하는 막중한 임무를 맡은 것이었다. 그 당시 내 직속직원이 직영 직원, 파견 직원 합해서 800명 정도 되었던 것 같다. 우선 부임을 하고 보니 업무도 아직 모르는데 회사는 한참 노동운동이 심하던 때라 상하 간 동료 간 갈등이 이만저만이 아니었다. 영업하랴, 인사 관리하랴, 정말 내가 감당하기엔 너무나도 벅찬 업무였다. 그래서 생각해낸 것이 '한솥밥 원리'였다. 우선 모든 직원들의 주소를 찾아서 일일이 가정통신문을 보내기로 하였다. 대충 이런 내용이었다. "제가 이번에 새로 부임한 지배인입니다. 이제부터 귀댁 가족 ○○○는 나와 한솥밥을 먹는 공동

운명체인 '우리'가 되었습니다. 지금은 사회적으로나 국가적으로 어수선한 과도기이지만 귀댁의 가족 ○○○은 누구보다 성실히 근무를 잘하고 있으며 매우 앞길이 촉망되는 직원이지만 그러나 본의 아니게 시류에 휩싸이던지 작은 유혹에 현혹되지 않도록 가정이나 제가 울타리가 되어야 될 줄 믿습니다. 앞으로 가정적으로나 개인적으로 상의하실 일이 있으시면 언제든지 방문해 주시면 고맙겠고요, 가내에 애경사는 특히 꼭 기별해 주시면 기쁨도 슬픔도 함께 나누는 우리가 되겠습니다."

그러고 나서 직원들의 반응을 보니 상당히 의외라는 듯 긍정적인 반응을 읽을 수 있었다. 그다음엔 직원들 한 사람, 한 사람 매일 10명씩 정해서 개인 면담을 실시하였다. 근무하는데 애로사항은 없는지? 하고 있는 업무가 적성에 맞는지? 내가 지원해 줄 건 없는지? 가족관계, 교우관계, 이성문제 등 아무튼 편하게 말할 수 있는 내용은 꼭꼭 메모해가면서 경청하고 내가 도울 수 있는 일, 시간이 필요한 일, 역으로 내가 이해시켜야 될 일 등 그야말로 가족 같은 분위기로 한 달에 걸쳐 모든 직원과의 면담을 마쳤다.

그러고 나니 매장을 순시할 때 직원들의 표정이 너무나도 밝아졌고 이름을 외워서 작심하고 이름을 부르기 시작했다. 미처 이름이 생각 안 나면 얼른 사무실에 돌아와서 이름을 찾아 숙지하고, 개인면담기록부를 들춰보고 극히 개인적인 부분까지도 관심 있게 물어보고, 대화를 하곤 했었다. 그러다 보니 직원들의 가정에선 가정대로 자식 두셋씩 직장에 다니고 있지만 "그렇게 자상한 직장상사가 어디 있느냐"는 둥 평이 좋게 나기 시작하였다.

당시 회사 내의 노동운동이 심한 때였지만 최소한도 내 영역의 우리 직원들만은 부당한 과격행동은 하지 않은 것으로 기억된다. 지배인을 맡고 4~5개월이 지났는데 이젠 영업에 신경을 써서 매출을 올려야 하는 게 회사 업무의 궁극적인 목적이며 책임인 것이었다. 그런데 그땐 신관, 구관, 그렇게 두 개의 건물이 있었는데 신관점은 그런대로 영업이 잘되는 형편이었지만 구관점은 매출이 형편없이 적은 편이었다. 회사에서는 점포별 부서별 매주 매출목표를 하달해서 시상도 하고 못한 점포부서는 회의 때마다 뭇매를 맞기가 일쑤였다. 그런데 불행히도 매출이 잘 나오는 신관점이 아닌 매출이 잘 안 나오는 구관점의 지배인을 내가 맡은 것이었다. 그래서 내심 일대 의식구조의 변화를 주기 위해서라도 어느 하루, 또 한 주간, 그 한 달을 딱 잡아서 죽기 살기로 매출목표 달성(한 번도 해 보지 않은)을 하기로 마음먹었다. 우선 난 회의를 싫어한다. 부서장들 회의는 백화점 꼭대기 층부터 지하층까지 매일 아침 개점행사 시에 부장들을 거느리고 순시를 하게 되는데 약 1시간 반 정도 순시를 마치고 지하 넓은 동선에 모두 모이게 해놓고 우선 과일주스나 커피 한 잔씩을 시켜놓고 선 자세 그대로 부서별로 내가 순시하면서 느낀 점을 간단히 설명하고 영업의 주 포인트를 부서장마다 설명하게 하고 내가 또는 회사가 지원할 사항은 없는지?

그것을 청취하는 것으로 회의를 끝낸다. 약 30분 정도면 충분히 할 말을 다 하는 것이다. 그리고 입점업체나 여타 영업 관계로 나를 찾아오는 사람은 내가 직접 상대하지 않고 부서별로 그 부서의 최고 책임자인 "부서장이 나보다 훨씬 영업을 잘하시니까 부서장께서 만나시기 바랍니다."라며 부서장의 위상을 최대한 올려주려고 노력하였다. 그런 것들이 아마 직원들은 자긍심도 생기고 자유스럽게 편안한 마음으로 근무할 수 있었던 것 같다. 다만 권한과 자유를 누렸지만 동시에 강한 의무감만은 어쩔 수 없었을 것이다. 회사의 궁극적인 존재 이유는 매출극대화와 이익창출에 있다는 걸, 우리 모두가 너무나도 잘 알고 있으니까….

말단 직원에서부터 최고책임자인 나까지 우린 식구가 되어 집에 있는 것보다 나가서 친구들을 만나는 시간보다 회사에 있는 시간이 더 즐거운 시간이 되도록 예컨대 'Fun경영'에 최선을 다했다. 근무 중 혹시 실수로 저지른 과오는 결과보다는 과정을 중시하고 최종책임은 지배인이 지고 우수한 공을 세운 일이 있을 땐 비록 나의 지원으로 이루어진 일이라도 부하 직원에게 공을 돌려서 그 직원이 상도 타고 진급도 하게 하는 배려도 잊지 않았다.

그러나 내가 아무리 피나는 노력을 해도 영업환경이 하루아침에 개선되는 게 아니다 보니 매출신장이 급속히 이루어지진 않았다. 무엇보다 사기가 문제였다. 우선 우리 모두가 할 수 있다는 자신감을 고취시키기 위한 일대 전기가 필요했다. 그래 지금까지 한 번도 달성해 보지 못한 '매출목표'를 작심하고 달성해 보기로 하였다. 우선 주말을 기해 일일매출목표를 설정하고 모든 직원의 영업력과 협력업체의 도움을 받아 그걸 한 번 달성해 보기로 한 것이다. 그것은 획기적이었다. 누가 시켜서 하는 게 아니고 스스로 하고 싶어 하는 업무의 그 결과는 엄청난 차이를 보이는 것이었다. 그렇게 해서 맨 먼저 일 일목표달성, 다음 주간목표달성, 다음엔 월 목표달성까지 우린 해낸 것이다.

처음으로 최대목표도 올려보고 높은 산처럼 엄두를 못 냈던 목표달성이 스스로의 노력으로 성공되고 보니 직원들의 사기는 충천되었다. 그 뒤로 수시로 목표달성을 이루게 되는데 역시 그 한 번이 얼마나 중요한 것인가? 그 후 회사의 인정을 받아 지방점 출점 최초지역책임자라는 중책을 맡게 된 것이었다. 결론적으로 내가 얻은 소중한 교훈은 "나와 네가 하면 한계점이 있지만 나, 너, 우리가 하면 한계점을 뛰어넘을 수 있는 힘이 있다."는 것이다.

후일담

'우리'는 모여 있는 공동체를 가리키는 키워드이다. 그러나 그 우리는 작은 우리가 될 수도 있고 조금 큰 우리, 아주 큰 우리, 아주, 아주, 큰 나라가 되기도 하고 온 세계가 되기도 한다. 그 우리의 가치관과 철학에 따라 다시 작아지기도 하고 더욱 커지기도 한다. 그렇게 큰 우리를 추구하는 사람 특히 지도자에겐 조심해야 할 유사키워드가 한 가지 있다. 그것은 '우리끼리'이다. 독일의 '게르만민족우월주의'가 수백만을 학살하는 국제범죄를 저질렀고 일본의 '황민사상'이 세계전쟁을 일으키고 남의 나라를 침략하고 강제로 통치하는 등 우리나라가 겪은 말할 수 없는 통증은 아직도 가시지 않고 있다.

소위 민족주의(nationalism)가 그 나라에는 정당할 수도 있으나 모든 나라에는 범죄자가 될 수도 있는 것을 우리는 세계역사를 통해서 얼마든지 경험된 사실이다. 우리나라는 또 어떤가? 예부터 '우리끼리'의 악순환의 고리를 끊지 못하고 지금까지 계속되고 있으니 '고구려, 백제, 신라' '동인, 서인' '남인, 북인' '노론, 소론' '양반, 상놈' '전라도, 경상도' '좌익, 우익' 그리고는 지구상 유일의 분단국가로서 '남한, 북한'의 키워드를 던져버리지 못하고 있지 않은가?

돼지도 돼지끼리만 모여 있으면 '돼지우리', 오리도 오리끼리만 모여 있으면 '오리우리'가 아닌가? 우리나라 국호 그대로 클 대大, 클 한韓 백성 민民, 나라 국國 대한민국大韓民國이 온 세계를 품는 크고 큰 나라가 되기를 염원하면서 기업의 '한 우리'에서 작은 성공의 '우리'가 또 다른 우리~ 우리~ 우리 모두의 성공이 되었으면 하는 간절한 마음을 가져본다.

김종민
자전칼럼
10

김종민 자전칼럼 10

청학대 유감 - 40대 중반 이후

　　　　　　전형적인 촌놈인 나는 고향을 떠나
서울에 살면서도 언제나 마음 한켠엔 농촌생활을 늘 그리워
하곤 했었다. 1980년대 중반 이제 경제적으로도 숨을 좀 돌리
게 되었고 가정도, 직장도 어느 정도 안정기에 들어서게 되었
다고 생각하니 더더욱 고향 쪽에 자꾸 관심을 갖게 되었다.
그즈음 안성에 가까운 지인이 금광 저수지길 옆 양지바른 언
덕바지에 조그만 땅(약 1,000평)을 추천해 주는 것이었다. 뒤쪽은
산이요, 앞쪽은 맑은 물이 가득한 호수에 정남향으로 위치해

있어 누가 봐도 명당임엔 틀림이 없었다.

공부상 지목을 보니 '전田' 그러나 실제로는 중앙에 웅덩이가
하나 있고 주변이 경사진 데다 온통 잡목과 잡초, 잡석들로
들어차 있어 버려진 땅처럼 아마도 족히 수년은 농사도 못 짓
고 방치했던 듯싶은 그런 땅이었다. 그러나 난 딱히 무슨 농
사를 짓는다기보다는 조그만 농가주택이나 하나 짓고 가족들
이랑 가끔씩 전원생활이라도 할 요량으로 그 땅을 매입하게
되었다. 땅을 매입한 후 건축 관계를 알아보니 1,000평 중에
300평만 대지로 전환하여 최대 60평의 농가주택건축이 가능
하다는 것이었다. 그때부터 주중엔 회사 일을 열심히 하고 주
말엔 그곳에 가서 건축 준비를 하면서 나무도 심고 또 너무
자갈이 많고 웅덩이도 있어 외부에서 흙을 수백 트럭 사서 복
개를 하고 건축허가를 받게 되었다.

그 무렵 우리나라 문학계의 거목이신 청록파 시인 박두진
선생님을 알게 되었다. 선생님은 정말 너무나도 고고하시고
학처럼 맑은 분이셨다. 그 당시 만난 지 얼마 안 되는 나를 친
자식 이상으로 사랑해 주시기도 하셨고… 선생님께서도 그
당시 그 근처에 작은 별장을 갖고 계셔서 자연스레 주말이면

선생님과 함께하는 시간이 많게 되고 가끔은 남한강 등지로 수석채취도 같이 다니면서 부모님처럼 의지하며 지내는 사이가 되었다. 그런데 그때 선생님을 만나면서 당초 내가 생각했던 전원의 농가주택계획에 변화가 오게 되었다.

어느 날 선생님께서 "김 군! 지금 김 군 네 그 땅은 너무 소중한 곳이야! 그런 곳은 혼자 소유하고 혼자 즐기면 벌 받네. 그러니 모든 사람이 즐길 수 있는 문화공간으로 만들어서 후세까지 남기면 어떻겠나?" 하시는 것이었다. 나도 전혀 그런 생각이 없었던 것은 아니었는데 울고 싶을 때 뺨 한 대 더 맞은 것처럼 단박에 그 말씀에 동의하게 된 것이다.

일단 목표는 정했지만 모든 여건이 그리 녹록한 건 아니었다. 우선 건축 인·허가문제, 또 사업계획, 운영방식, 운영비조달방법 등 해결해야 할 문제들이 한두 가지가 아니었다. 우선 건축부터 문제였다. 그 땅의 지목이 전田인 관계로 농가주택 외의 다른 용도의 건축물은 불가하다는 것 다만 농가주택 준공 후 3년이 경과하면 근린 생활시설로의 용도변경이 가능하며 건축물도 60평 준공 후 증축신청을 하면 추가로 60평까지는 증축이 가능 하다는 것이었다. 좀 번거롭고 시간이 필요한 일이지만 문화공간을 꾸밀 수 있는 길이 있었기에 그대로 진행에 들어갔다.

혹시 다른 곳에 그와 유사한 시설물이 있나 수소문을 해 보니 그 당시엔 야외카페나 전원근린시설이 전혀 없던 시절인데 다만 경기도 일산 백마역 인근에 '화사랑'이라고 하는 주로 대학생들의 쉼터 비슷한 주점이 하나 있었다. 그곳을 견학해 보니 흙으로 지은 토담집 형태의 '돔' 집인데 그야말로 막걸리와 빈대떡, 그리고 간단한 식사를 파는 곳으로 분위기가 좋고 나름대로 자유로운 공간이었으나 내가 추구하는 문화공간은 아닌 것 같았다.

암튼 그 후 건축허가를 받고 1층 60평을 건축하고 곧바로 2층 60층을 증축하고 집주변 경사진 부분에 수백 차의 흙을 사서 잡석까지 모조리 메우고 웅덩이도 메우고 잔디도 좀 심고 일부 유실수도 심고 마당 한켠엔 정자도 하나 세우고 제법 그럴듯하게 예술관의 면모를 갖추기에 이르렀다.

그러나 정식허가를 받으려면 3년이 지나야 하니 아직도 1년은 더 남은 상태. 그러나 원체 눈에 띄는 명당에 스위스 별장식 건물이 2층으로 들어서게 되니 차츰 이목이 집중된 것은 당연한 일, 대학생들의 MT 신청이 들어오고 야외예식을 하겠다. 영화를 찍는 데 빌려 달라. 방송국에서 공개방송도 하고 심지어는 학생들이 소풍까지 오고 외지 연인들의 데이트장소가 되기도 하고 그럴 즈음 박두진 선생님께서 건물의 옥호를 지어주셨다.

'청학대예술관'. '학 소리를 듣는 집'이라는 뜻이란다. 드디어 준공 후 3년이 경과하여 근린생활시설물로 용도변경도 하고 이젠 본격적으로 '미술전시회', '시낭송회', 'TV 공개방송', '가정의 달 연예인 초청 어르신 위문잔치', '시골 중·고등학교장학금 지급' 등 그때까지 무슨 큰 수입이 있는 것은 아니지만 MT대관료, 식음료판매금 등으로 일부 충당하고 모자랄 때 내가 사비를 조금씩 투입하면서 직장생활과 청학대 운영을 보람차게 하고 있었다.

그러나 호사다마라 했던가? 차츰 청학대가 유명해지기 시작할 무렵 큰 문제가 발생하였다. 사정기관으로 각종 투서가 들어가기 시작한 것이다. 죄목은 '불법토지용도변경'이었다. 우선 건축허가를 따지니 인허가상 문제는 없는데 지목이 전田인고 로 잔디나 나무를 심어선 안 되고 반드시 농작물을 경작해야 한다는 것, 내가 구입 당시의 황무지였던 상태를 땅값보다 더 많은 비용을 들여 토지를 정리하였으나 황무지상태를 증명할 사진 기록이 있어야 된다는 것, 현실을 무시한 탁상행정에 큰 피해자가 되어버린 것이다.

심지어는 당시 집안 어른이 군에서 예편하시고 선거 때만 되면 정계진출설이 나돌곤 하던 시절인데 나와 그분의 가족관 계를 걸어서 감사원, 청와대 등에도 투서를 하는 어처구니없 는 상황이 발생하게 된 것이다. 설상가상으로 면사무소나 군 청에서도 나와 인근의 호화 야외 예식장, 야외가든 등 3~4곳 을 수사기관에 고발까지 하게 되었다. 그때 여러 사람이 구속 된 것으로 알고 있는데 나는 경찰에서 구속의견으로 검찰 송 치하였으나 검찰에서 벌금 500만 원으로 법원기소가 되었다. 그러나 법원 담당판사가 처벌이 약하다고 생각했는지 '정식재 판결정'을 하는 바람에 별수 없이 법정에 서게 되었다. 그 재판 당시 윤 모 변호사님(지금도 변호사 업무 중으로 알고 있다)께 미처 고맙단 말씀을 못 드렸는데 그 변호사님께는 청학대 자료 몇 장 드렸을 뿐인데 나의 억울하고 답답한 심정 등 정말 나의 순수한 뜻을 나보다 더 소상히 변론하시는 게 변호사 그거 거저 되는 게 아닌 성 싶었다.

변론이 끝나자 담당판사가 아주 작은 목소리로 안경 너머로 나를 보면서 "김종민, 벌금 500만 원!" 하고 얼핏 미안해하는 표정까지 짓는 것이었다. 그 판사도 처음엔 여타 다른 고발인과 비추어볼 때 사진상으로나 규모로나 젤로 호화로운 건물이 청학대인데 그보다 약한 갈비집은 구속시키고 청학대 당신은 불구속이 돼서 검찰과 모종의 결탁이 있었구나, 짐작하고 정의감으로 나를 정식재판청구까지 했던 것이다. 그러나 모든 상황을 소상히 파악하고 나니 실정법을 어겼다고는 하나 본인의 영리보다는 지역문화발전과 장학사업 등 너무 좋은 뜻을 가진 분인데 지역경찰은 그 상황을 잘 알면서 정상참작 여지도 없이 심술스럽게 꽁꽁 엮어서 고발한 게 우리나라 수사기관의 수준이라는 것이다.

이 모든 상황을 겪으면서 이렇게 훌륭한 공직자들이 어느 길목엔 의연히 계시다는 걸 보니 우리나라 아직 희망은 있구나 싶은 생각이 들었다.

이제 법적인 문제는 해결됐다지만 집안 어른 뵙기도 죄송하고 영 청학대 가기가 싫어지기 시작한 것이다. 이때 마침 1992년경 청학대와 화성 땅을 물물교환하자는 분이 나타나 양도하기에 이르렀다. 그 후 청학대는 그 이름 그대로 지금까지 운영되고 있으나 몇 번인가 주인이 바뀌고 용도도 식당 등 여러 형태로 바뀌어 가며 운영되는 것으로 알고 있다.

후일담

나는 청학대聽鶴臺에서 '학'의 소리를 들었다.

'이 세상에서 학처럼 살아가기가 이처럼 어렵다'는 것을….

세상엔 학 모가지를 비틀어 죽이려는 살해자들이 득시글거린다는 것을….

그래도 한 마리의 학이 날아오르면 아름다운 자태를 보는 이가 어디엔

가는 있다는 것을….

나는 한 마리의 학성鶴聲을 듣기 위하여 참 많은 투자를 하였다.

그래도 들어야 할 소리를 들었으니 앞으로도 후회는 없다.

김종민
자전칼럼

11

탐석과 건강 - 50대

　　　　　내가 돌壽石에 심취하게 된 것은 1970
년대 후반 아파트경기가 하늘을 찌르던 시절이었다. 그때 나
는 건설회사 아파트분양책임을 맡고 모델하우스에 근무하고
있었다.

　그 당시 1970년대 초부터 중반까진 건설주택경기가 바닥을
치다가 1970년대 중반부터 주택경기가 과열되었으며 국내 건
설사들은 중동 붐을 타고 너도나도 한창 중동진출로 호황을

누리게 되었다.

그때 우리 회사는 '신반포아파트'라는 브랜드로 반포 일대에서 우리나라아파트의 새 역사를 쓰기에 이르렀다. 그땐 아파트를 분양하면(1차, 2차까진 약간 고전하였지만) 회수를 거듭할수록 보통 청약경쟁률이 수십 대 일씩 하곤 하였는데 우리 회사는 보통 한 번에 500세대부터 1,500세대까지 27차에 걸쳐 연속으로 분양하곤 했었다.

그때의 분양방법은 모든 게 전산 처리되는 지금과는 달리 모든 업무가 대면으로 판매와 모델하우스에서 당첨자 추첨, 동, 호수 추첨, 아파트 계약금 및 중도금, 잔금까지 직접 수납하던 시절이었다.

회사의 가장 핵심사업인 주택사업부에 분양을 총괄하는 업무에 종사하다 보니 막중한 책임감과 누구보다 정직하고 성실하게 업무를 수행하고자 나의 사생활을 거의 포기하고 자나깨나 신경을 곤두세울 수밖에 없었다.

분양하기 전에 아파트 분양광고를 5대 일간지 및 경제지에 내고 청약접수를 받는다. 청약접수는 모델하우스에서 직접 받는데 청약을 하고자 하는 사람은 주택은행에 가서 일정금 액의 채권(주택채권)을 사고 회사엔 계약예치금(20%)을 납부하면 신청이 되는데 일정금액 이상의 채권소유자 중에서 상위부터 입주자가 결정되는 경쟁 입찰제도 비슷한 것이었다. 주택경기의 과열을 막고 실수요자 위주로 분양권을 주겠다는 정부정책으로 몇 년간인가 그 제도가 계속되었었다.

일단 분양세대수의 3배수 내지 5배수, 1차선별이 되면 입주자 및 동, 호수는 모델하우스에서 일명 '뺑뺑이통'을 만들어 아파트 청약자 수만큼 은행알을 사서 은행알에 일일이 접수번호를 기재해서 경찰관 입회하에 뺑뺑이를 돌려 동, 호수를 호명하고 다시 뺑뺑이를 돌리면 은행알 하나씩 덜어지는데 거기기재된 접수번호가 행운의 당첨자가 되는 것이다. 그 당첨된 은행알 하나만 가지면 모델하우스 밖에 진을 치고 있는 서울시내 부동산 관계자들에게 금방 프리미엄을 받고 팔아넘기는 사례도 종종 있었다.

그야말로 그 시절 로또라고나 할까?

당첨자발표가 모두 끝나면 당첨된 사람의 예치금은 곧바로 아파트 계약금으로 대치되고 나머지 낙첨된 사람은 별도로 모델하우스를 방문해서 환불해 가면 되는 것이다. 우리 모델하우스는 예치금환불에서부터 시작해서 계약금 및 수회에 걸친 중도금, 잔금까지 모두 수납창구를 개설해서 직접 수납하곤 했었다. 중도금기간, 잔금기간 때가 되면 모델하우스에 수납창구를 열댓 개씩 개설해야 하는데 우리 직원만으론 인원이 부족하여 대여섯 개의 창구는 은행직원을 지원받아 운영하기도 하였다.

매일매일 수납하는 돈이 워낙 액수가 많고 복잡하다 보니 그 모든 업무를 총괄하고 있는 나는 하루 종일 신경을 곤두세울 수밖에 없었다. 실수로 어느 창구에서건 금전사고가 나면 궁극적으로는 모든 책임이 내게 있을 수밖에 없는 노릇 아닌가?

현금이 모자라도 안 되고 남아서도 안 되고 수십억 수납하는 돈이 빈틈없이 맞아야 비로소 퇴근하는 것이다. 그러니 통행금지(12시)제도가 있었던 그 시절이지만 거의 매일 집에 도착하는 시간이 밤 12시 '땡' 하는 시간이다 보니 동네에선 '땡 신사로 통하였다.

그토록 철저하게 했는데도 내가 계장 정도일 때 한번은 하루 종일 수납업무를 마치고 은행에서 지원 나왔던 사람들은 돌아가고 우리 직원만 남아 마지막 정산을 하는데 450만 원이 모자라는 것이었다. 딱 떨어지는 450만 원이라 처음엔 계산착오로 가볍게 생각하고 2차, 3차, 점검하는데도 확실히 450만 원이 모자라는 것이다. 그러나 우리 직원이 반 은행직원이 반 수납한 창구가 10개도 넘는데 어느 창구 누가 잘못했는지 알 수도 없을뿐더러 잘못 떠들어댔다가는 직원들 사기도 떨어지고 책임은 별수 없이 내가 질 수밖에 없는 노릇이었다.

그때 450만 원이면 그 당시 신림동 우리 집이 1,600만 원 정도였으니까 지금 화폐가치로 보면 얼마나 큰돈인가? 전 직원이 저녁도 굶어가며 맞춰보고 또 맞춰보고 수도 없이 반복했지만 찾을 길이 없어 무거운 마음을 이끌고 퇴근할 수밖에 없었다.

새벽 1시가 다 돼서 집에 왔지만 잠이 올 리 없고 그렇다고

아내에게까지 그런 걱정스러운 얘기를 할 수는 없고 뜬눈으로
밤을 지새우고 기상과 동시에 새벽같이 모델하우스에 출근하
기에 이르렀다.

그런데 새벽 7시쯤 모델하우스 현관에 막 들어서려 하는데
청소아줌마가 저만치서 나를 보더니 헐레벌떡 뛰어오더니만
새벽청소를 하러 나왔더니 6시부턴가 개포동이라고 하면서
나를 찾는 전화를 했다는 것이었다. 그때야 분양업무 때문에
하루 종일 고객을 응대하고 전화도 수없이 오던 때라 고객 중
의 한 분이겠거니 하고 메모된 전화번호로 다이얼을 돌렸다.

수화기로 들려오는 목소리가 아주 상냥한 게 우선 기분이
좋았고 그 사람의 얘기를 듣는 순간 내 위장에 돌 뭉치 같은
게 확 빠져나가는 천사의 목소리가 들리는 것 같았다.

"혹시 어제 돈 비지 않으셨나요?"

사실은 자기가 어제 모델하우스에 중도금을 내려고 500만
원짜리 수표를 가지고 와서 창구에 입금하는데 자기가 낼 돈

이 450만 원이라 50만 원짜리 수표 한 장을 거슬러 주기에 무심코 받아들고 하루 종일 다니면서 볼일 다 보고 집에 가서 잠자리에 들 시간 백에 있는 돈을 꺼내보니 50만 원이 아니라 500만 원짜리 수표를 직원이 잘못 준 거 같더라는 것이었다. 그 순간 얼굴이 화끈하면서 무어라 형용할 수 없는 묘한 감정과 순간 욕심도 생기더라는 것이었다.

그런데 그 순간 분양책임자인 내 얼굴이 떠오르더란 것이었다. 아파트를 신청하기 위해서 그 지간 여러 번 모델하우스엘 왔는데 그때마다 그렇게 친절하고 착하게 생긴 젊은 분이 이렇게 큰돈이 비니 얼마나 상심하고 있을까 생각하니 괜히 자기는 죄지은 것도 없는데 밤새 미안해서 잠도 못 잤더란다.

대략 이런 내용을 꺼면 유선 다이얼 전화를 붙들고 20여 분간 애기를 듣고 수화기를 내려놓는데 수화기를 얼마나 힘껏 쥐고 귀에 바싹댔었는지 수화기는 땀에 흠뻑 젖어있고 귓바퀴가 얼얼할 정도였다.

즉시 택시를 타고 그분이 가르쳐준 개포동아파트(소형)에 당도하니 생각대로 그 아주머니는 40대 초반의 아주 조신하게 생기신 분이었다. 준비해간 50만 원짜리 수표를 건네 드리고 500만 원을 회수하게 되니 그 기쁜 마음은 그냥 동네 사람들으로고 고함이라도 치고 싶은 심정이었다. 일정금액의 사례비를 제의했지만 극구 사양을 하셨고 그러면 우리 회사가 계속 아파트사업을 하니까 내가 그 자리에 있는 한 꼭 한 번 특별 분양이라도 해드리겠다고 제의를 했지만 그 후 그분이 몇 번인가 모델하우스에 오셔서 차도 대접하고 식사대접도 한 번 한 것 같은 데 특별 분양을 해드린 기억은 없다.

혹여 그때 그분이 이 글을 읽을 수 있는 믿을 수 없는 우연이 생긴다면 새삼스레 또다시 정말로 고마웠다는 말씀을 드리고 싶다.

비록 내 업무가 중요한 업무이다 보니 그분뿐 아니라 누구에게나 최대로 친절해야 하는 건 특별한 선행이 아니고 일상의 업무일 뿐이었는데 느끼는 상대방은 나와의 대면에서 신뢰감을 갖게 된 것 같기도 하였다.

이처럼 내가 맡은 업무가 이권과 관계가 있고 모든 게 결국은 돈과 연결되다 보니 365일 한시도 방심할 수도 없고 주말, 휴가, 명절은 물론 하루도 편히 쉴 수 있는 날이 없었다. 누가 뭐 365일 출근하라고 강요한 건 아니지만 하루 종일 돈이 들어오고 나가고 아파트가 분양되고 하는데 차라리 사무실에 근무하고 있어야 마음이 편하지 나가서 쉬어봤자 마음은 모델하우스에 가 있으니 차라리 붙박이로 자리를 지킬 수밖에 없었다.

지금까지 내 업무를 소상하게 기술한 것은 이제부터 내가 왜 돌壽石에 심취하게 되었는지를 설명하기 위함이었다. 앞서 이야기 한 대로 그렇게 힘들고 쉼 없이 긴장된 일을 하는 업무가 과중하다 보니 아마 정신적으로 부담이 컸던 관계로 신경이 약간 쇠약해졌던 게 아닌가 생각된다.

어느 날부터인가 가슴이 두근두근하고 몸이 수척해지는 가 하면 불면증도 생기면서 신경이 예민해지는 것이었다. 딱히 어디가 아픈 건 아닌데 자꾸만 몸이 이상해지다 보니 우황청심환이나 신경안정제, '사리돈' 같은 걸 수시로 먹어봤지만 크게 증세가 개선되는 것도 아니었다.

그래서 광화문에 있는 정신병원(원장님이 잘 아는 분)엘 가게 되었다. 그 병원엘 갔더니 복도 여기저기 진료실, 그리고 교실 같은 데까지 정신병을 가진 사람들이 이상한 행동을 하는 게 보이고 내게도 한 20문항쯤 되는 설문지를 주면서 O, X로 표시를 하란다. 그걸 하나씩 체크하며 보니까 내가 무슨 정신병자가 된 기분 나쁜 생각이 들어 중간에 그만두고 병원을 나와 버렸다.

최소한도 내가 미친 사람은 아니지 않은가?

누구에게 말할 수 없는 아주 델리케이트한 신상문제라 다만 직속상관인 전무님께는 보고를 드리고 일정 기간 휴직을 요청하기에 이르렀다. 그러나 전무님은 가타부타 대답은 안 하시고 그저 격려만 해 주시는 것이었다. 그도 그럴 것이 가장 중요한 시기에 가장 중요한 포스트에 있는 사람이 자리를 비우면 업무에 큰 차질이 올 수밖에 없는 형편이었다.

다만 다음날 전무님 사모님께서 골프채(피니시카)를 한 세트 갖다 주시면서 방배동 삼호골프연습장에 1년 치 회비를 납부하시고 "열심히 운동 좀 하시고 제발 아프단 소리 좀 하지 마세요." 하는 것이었다. 정말 인간적으로 눈물이 나도록 고마운 분이었다.

그때부터 골프도 시작하고 나름대로 노력을 하는데도 하루 아침에 금방 건강이 좋아지는 것은 아니었다. 그러던 중 아파트분양관계로 알게 된 의과대학 교수님이 오셔서 내 안색을 보시더니 꼬치꼬치 물어 대충 설명을 했더니 대뜸 "김 과장! 자네 병은 정신적 노이로제라는 걸세. 그건 약으로 고칠 수 있는 건 아니고 정신수양을 해야 되네." 하시면서 수석壽石을 권하는 것이었다. "등산이나 다른 스포츠에 몰두하는 것도 한 가지 방법이긴 한데 쉽게 적응하고 지속적으로 오락적으로 즐길 수 있는 취미생활이 탐석(貪石, 돌을 줍는 짓)일세." 하는 것이었다.

"그 탐석이 왜 병을 낫게 하는지는 내가 아무리 설명을 해줘도 자넨 이해가 안 될 테니 우선 속는 셈 치고 소풍 간다고 생각하고 충주 남한강(지금은 수몰된 지역) 강가에 가서 탐석을 한번 해보게."

충주 남한강 줄기는 예부터 단양팔경이라고 해서 경치가 뛰어나고 물이 맑고 물줄기가 세차게 흐르고 화강암지대라 돌이 단단하고 각양각색의 돌들이 수천 년 수마가 되어 강바닥에 널려 있는 그야말로 세계적인 수석의 산지였다. 우리네야 돌 그러면 그냥 돌멩이로 여겼지 수석이라는 단어도 생소했었지만 저명한 전문의가 추천하는 방법이니 한 번 실천하긴 해야겠는데 혼자서 그걸 할 수는 없고 주변에 가까운 지인 몇 사람을 우선 꼬드겨서 탐석여행을 하기에 이르렀다.

업무가 바빠서 좀처럼 시간을 내기가 쉬운 것은 아니지만 우선 건강을 찾아야겠기에 한 달에 한두 번 주로 일요일 새벽 5시에 봉고를 타고 몇 명 친구들과 함께 탐석을 다니게 되었다.

아침은 가다가 충주에서 올챙이 해장국으로, 점심은 고기를 사서 재워서 가서 강가에서 구워 먹고 아침부터 저녁까지 그저 예쁘고 이상하게 생긴 돌만 주워 배낭에 한 짐 메고 돌아오는 저녁 길엔 우리끼리 품평회도 하고…. 어럽쇼! 차츰 빠져들게 되는 것이었다.

하루 종일 강가 물속까지 헤매다 보면 행색이 거지 중에도상 거지꼴로 보이지만 그것도 참 재미있는 일이었다. 무거운 돌을 한 짐 지고 하루 종일 헤매다 보면 어깨가 다 벗겨지고 다리며 얼굴은 완전 검둥이가 되기 일쑤였다.

그렇게 주어온 돌을 닦고 기름칠하고 집(좌대)을 짓고 진열장이나 마루 한켠에 좌정해 놓으면 작업하는 과정은 번거롭고 힘들지만 신기하게도 돌에 생명이 부여되는 수석으로 탄생하는 것이었다. 그렇게 한 달 두 달 이어지다 보니 너무 피곤하니까 잠도 잘 와서 불면증도 없어지고 신경안정제나 우황청심환 먹는 것도 자꾸 잊어버리고 맑은 공기를 마시니 혈색도 좋아지고 어느결에 우울증과 두통이 씻은 듯이 사라진 것이었다.

결국 아무것도 아닌 것을 가지고 무슨 중병 걸린 것마냥 엄살을 피웠던 거 같은 계면쩍은 마음마저 드는 것이었다. 그때부터 나는 수석을 정말로 좋아한다.

스스로 앉은 자리를 바꿔 앉지 않는 정절이 좋고 수천 년이 가도 결코 무르지 않는 일편단심이 좋다. 그래서 수석을 누구에게 선물할 때는 돌을 주면서 "이 돌을 매일 만져보세요. 어느 날 이 돌이 물렁물렁해지면 내 마음이 변한 줄 아세요." 한다는 말도 있단다.

그런데 수석 수집을 하면서 나름대로 목표를 정한 게 맹목적으로 아무거나 수집하기보단 돌의 형태에 따른 일정한 테마를 정해서 한 가지 장르로 수집을 해야 하겠다 생각하고 나는 '형상석', 특히 인체의 신비한 부분을 빼닮은 수석을 수집하기에 이르렀다.

아무튼 돌을 가까이하고 돌을 좋아하며 돌 속에서 테마를 찾아가다 보니 나의 몸은 돌처럼 놀라운 건강을 찾아가는 것을 느낄 수가 있었다. 현대를 대변하는 키워드 가운데 '아파트 문화'가 있다면 '흙', '돌', '강', '들', ' 산'이 모두가 자연친화적自然親和的이며 원시적이고 건강한 키워드가 아니겠는가?

옛날 유명한 명의의 이론에 의하면 질병을 관리하는 데 있어 "약보다 우선 하는 게 섭생과 운동이고 그것들보다 우선하는 게 맑은 마음과 의지라." 하지 않았던가?

하찮은 돌조각이 수석(하나의 형상이나 테마가 어우러진 돌의 형태)으로 태어나기까지 그 역사는 상상을 초월한다. 단단한 화강암이 지구의 몸부림이나 만고풍상을 겪으며 수석이 되는 데는 1㎝

깎이는 시간이 500년이라니 수천 년의 산고 끝에 태어난 한 점 수석 앞에 고작 100년도 못사는 우리 인간은 정말 초라한 모습이 아닐까?

후일담

사람은 '일'을 하며 살게 되어있다. 또한 사람은 '쉼'이 필요한 존재이다. 쉼 없이 일중독(Workaholic)에 빠져 살다 보면 몸에 건강을 잃게 된다.

일중독으로 건강을 잃으면 때늦은 후회를 하거나 큰 대가를 치르게 되는데 그때 자신이 얼마나 어리석은 짓을 했는지를 알게 된다.

그런데 진정한 '쉼'이란 누워 잠을 자거나 늘어지게 기대어있는 것이 아니라 잠시 일상을 떠나 자신이 원하는 곳으로 여행을 떠나거나 취미생활을 하는 것도 휴식과 '쉼'이 될 수 있는 것이다.

조심할 것은 '쉼 중독(?)'에 빠져서도 안 된다는 것이다.

김종민
자전칼럼

12

엔도르핀 거저먹기 - 50대 후반

'엔도르핀'은 우리 몸과 마음이 최고로 즐거울 때 발생하는 생체에너지라고 들었다. 그런데 나는 도대체 어떤 상태일 때가 그렇게 몸과 마음을 기쁘게 하는지를 미처 깨닫지 못하고 살아왔다. 그런데 "아~이럴 때 엔도르핀이 생성되겠구나!" 하는 체험들이 있어 기록하고자 한다.

사례, 하나. '불편감수 응대하기.'

그때가 아마 2011년쯤으로 기억이 된다. 2010년도에 심근경색으로 죽기 일보 직전에 깨어나서 몸의 기력도 떨어지고 시력도 떨어지다 보니 가급적 운전을 안 하고 일주일에 두세 번 '수지'에서 '서울 나들이'를 대중교통인 광역버스를 이용하고 있었다. 그날도 반포 친구들 모임에 갔다가 강남역에서 다시 광역버스를 타고 귀가하게 되었다.

그런데 양재동쯤 왔을 때 체격은 건장하지만 얼핏 보아 앳된 얼굴 하며 태도가 고등학생쯤으로 보이는 학생이 내 옆자리에 출렁 소리가 날 정도로 우악스럽게 철퍼덕 앉는 것이었다. 그리고는 유난히 부산스럽게 두리번거리며 무슨 정서불안인 사람처럼 좌불안석을 못 하는 것이었다. 어차피 대중교통을 이용하다 보면 이런저런 사람들과 합석하기 마련이고 길어야 4~50분 같이 있는 거니까 애써 창 쪽을 응시하고 자는 척하고 있었다.

그런데 그때 막 스마트폰이 출시되어 젊은이들이 사용하기 시작했고 노인층이나 부녀자층은 아직 구형 폴더폰을 사용할 때였다. 나도 마찬가지로 폴더폰이었다.

그런데 예의 내 옆에 앉은 학생이 계속해서 나를 보더니 첫마디가 이랬다.

"아저씨는 왜 스마트폰을 안 쓰세요?"

"아~ 나는 아직 사용할 줄 몰라서 못 쓰고 있지." 했더니 자기 스마트폰을 보여주며

"아~그렇군요." 그러더니 또

"아저씨는 왜 M. 버스를 안 타고 이 버스를 타세요?"

"이 버스가 우리 집 앞까지 간단다."

"그렇군요."

그때 버스가 양재동 톨게이트를 벗어나서 고속도로에 진입하고 있었다. 그때 그 학생은 다시 질문을 시작하였다.

"아저씨 경부고속도로는 몇 ㎞까지 달릴 수 있어요?"

"아마 110㎞ 아닌가?"

"아니에요. 지금은 120㎞까지 달릴 수 있어요."

"아저씨 서울에서 전주까지 얼마나 걸리죠?" 그런데 마침 3일 전에 전주를 갔다 왔기에

"아마 4시간은 걸릴걸." 했더니

"아니에요. 3시간 30분 걸려요."

"그래? 그렇구나."

"아저씨, 고속도로 전용차로는 승용차는 못 가죠?"

"그렇지."

"9인승 합승은요?"

"아마 6명 이상 타면 승합차는 갈 수 있을 거다."

"아저씨, 고속도로에서 졸음운전 하면 안 되죠?"

"물론 안 되지."

"그럼 졸리면 어떻게 하죠?"

"휴게소에서 쉬어가든지 다른 사람이 운전하면 되지."

"아~ 그렇군요."

"우리 식구 다섯이 전주를 갈 건데 아빠가 졸리면 어떡하죠?"

"그럼 엄마나 형이나 누나가 하면 되지."

"전부 다 졸리면요?"

"너는 운전할 줄 아니?"

"네, 저 운전 잘해요."

"그럼 네가 해야지."

"아~ 그렇군요."

누가 봐도 정신장애 학생임에 틀림이 없었다.

배가 고플 때 돈이 없으면 어떻게 하느냐, 병원 가기 싫은데 어떻게 하느냐 등등 뻔히 다 알면서 반복해서 질문하질 않나…. 여간 괴롭히는 게 아니었다.

그러나 순간 나는 초등학교 교과서에 나오는 이솝우화 「행복」이 떠올랐다. 지금 내 옆에 있는 가엾은 영혼이 혹시 하나님이 변장하고 나타나신 게 아닌가 하는 생각이 들어서 정상인을 대하듯 성심껏 응대하였다. 그런데 어느 만큼 오더니 이젠 다음 정류장에 내릴 거란다. 그래서 "그럼 너희 집은 무슨 동 무슨 아파트냐?"고 물으니까 목에 걸고 있는 목걸이를 보여주었다. 그걸 보니까 그 학생이 내린다는 곳에 그 아파트가 있는 거 같았다.

우리의 대화는 계속되었다.
"그럼 내려서 곧바로 갈 수 있겠니?"
"네, 스마트폰 하면 돼요."
"누구한테 할 건데?"
"누나나 엄마한테요."
"그건 어떻게 거는 건데?"
"1번이나 2번 누르면 돼요."
"그래 그럼 내려서 바로 먼저 전화하고 엄마나 누나가 올 때까지 정류장에 꼭 있다가 엄마랑 같이 가거라."
"알았어요. 지난번 시장 쪽으로 잘못 가서 너무 무서웠어요?"

그로부터 한 정거장 뒤에 내리는 것이었다.

큰 짐을 벗은 것 같은 평안함을 막 음미하려고 하는데 버스에 같이 타고 있던 앞뒤 아줌마들이 그런다.

"아니 정신병자 같던데 힘들게 왜 일일이 말대꾸를 하세요?"

"엄청 힘드셨을 텐데…."

"자리를 바꿔 앉으시면 될 것을…."

그래서 내가

"아닙니다. 그런 이웃일수록 친절히 정상인처럼 응대해줘야 치료에 도움이 됩니다." 했더니

"혹시 목사님이세요?"

"아닙니다. 기독교인이긴 합니다." 그랬더니 갑자기 버스에 있는 모든 사람들이 박수를 치는 것이었다.

누구한테 무슨 칭찬을 듣고자 행동한 것은 아닌데 의외의 결과에 나는 괜히 계면쩍어서 답례를 하기에 이르렀다. 그리고 곧바로 차에서 내려 집에 오는 길 잘해야 6~7백 m 거리인데 얼마나 발걸음이 가볍고 내 자신이 대견해 보이기까지 하고 쌓였던 스트레스가 바람처럼 날아가고 그야말로 엔도르핀

이 나오는 걸 실감할 수 있었다.

아~ 누군가를 돕는다는 게 결코 그 사람만을 위함이기보다
나 자신을 훨씬 더 유익하게 하는구나, 하는 것을 느끼는 하
루였었다.

사례 둘, '떡 하나 더 주기.'
요즘 도시생활의 주거형태가 70~80%가 공동주택(아파트)인
게 사실이다. 그런데 공동주택생활의 가장 어려운 문제 중의
하나가 층간 소음문제이다. 웬만큼 방음장치를 해서는 아래위
층 개구쟁이들이 있으면 감당할 수 없는 것도 사실이다. 내가
사는 아파트도 예외는 아니었다.

우리 집은 6층인데 7층에서 나는 소음이 장난이 아니었다.
우리 딸내미는 음악을 전공하는 학생이었기에 더욱이나 밤낮
가리지 않고 쿵쾅대는 소리는 공부에도 막대한 지장을 받을
수밖에 없었다. 그럴 때마다 아내나 딸내미는 관리실이나 경
비실에 전화해서 항의하고 그러면 잠시 조용한가 싶더니 다시
또 시끄러워지고….

그렇다고 직접 주민끼리 불평을 하다 보면 이웃 간에 얼굴 붉히는 건 불 보듯 번한 노릇이다. 그렇다고 집을 팔고 다른 곳으로 이사를 갈 입장도 아니었다. 그저 항상 피곤하고 언짢은 상태에서 그 어린애들이 어서 커서 점잖아지기만을 기다릴 수밖에….

그런데 나는 그래도 그런대로 견디겠는데 신경이 예민한 아내와 음악공부를 하는 딸내미는 그냥 방치하면 그 위층과 싸움을 하든가 무슨 사단이 날것만 같았다. 이젠 내가 나서서 해결하는 수밖에 없었다.

그날은 마침 토요일이었다. 일찌감치 집 앞에 있는 빵집에 가서 아이들이 좋아하는 초코케이크 제일 큰 걸 3만 5,000원을 주고 사서 들고 위층 현관 벨을 누르니 젊은 새댁이 빠끔히 현관문을 열어주었다. 그리고 예의 그 집 개구쟁이 두 명(3살, 5살 정도)이 우르르 따라 나오는 것이었다. 그 새댁은 나를 보더니 미안해서 어쩔 줄 모르면서 변명부터 시작했다.

그래서 "아니, 내가 무슨 항의를 하러 온 것이 아니고요. 보아하니 한참 뛰어놀 개구쟁이 사내애들 둘이나 키우니 얼마나 힘드시겠어요. 말린다고 듣는 것도 아니고, 툭하면 인터폰 오고 아마 피가 마르실 거예요. 그러나 너무 스트레스받지 마세요. 혹시 가끔 집사람과 딸아이가 정히 힘들면 관리실에 전화하고 그러는 것 같은데 너무 서운하게 생각하지 마시고 밤시간에나 좀 일찍 재우는 습관을 한 번 들여줘 보세요. 그렇게 지지고 볶고 하다가 2~3년 지나면 자연히 해결될 문제입니다. 그리고 이 케이크는 아래층 사는 할아버지가 애기들에게 주는 선물이니까 아이들 먹이세요." 했더니 몸 둘 바를 몰라 하면서 그걸 받아들고 들어갔다.

사실 뭐 대단한 선물도 아니고 그냥 혹시 우리가 자꾸 항의해 미안하기도 해서 내가 그렇게 한 것인데 이게 웬일인가?

그 시간 이후 소음은커녕 얼마나 조용한지 마치 절간에 온 기분이었다. 간혹 아이들을 보면 낮에는 거의 놀이터에서 노는 거 같고 아마 초저녁부터 일찍 재우는 게 아닌가 싶었다. 그로부터 약 2개월 후 주말인데 내가 혼자 집에 있자니 현관 벨소리가 나서 나가보니 위층 새댁이 검은 비닐봉지를 들고

서 있었다. 난 너무 고맙기도 하던 터에

"아니 애기 엄마가 재주도 좋으세요. 어떻게 그 개구쟁이들을 순한 양으로 변화시켰지요?" 했더니 그날 내가 왔다 간 후에 아이들이 무심코 또 뛰려고 하더란다. 그래서 두 아이를 앉혀놓고

"너희들 아래층 할아버지 봤지? 쪼코케익두 사주셔서 맛있게 먹었지? 그런데 너희들이 이렇게 시끄럽게 하면 그 할아버지 몸이 많이 아프시고 누나가 공부를 못한단다. 그렇게 나쁜 어린이가 될 거냐? 뛰어놀고 싶으면 놀이터에 가서 놀고 밤에는 만화책이나 보고 일찍 자자." 했더니 그게 통하더란다. 그때부터 얼마나 마음이 편한지 늘 고맙게 생각하고 있었는데….

"마침 애기 아빠가 사업이 잘돼서 신봉동에 아파트 하나 장만해서 일주일 후에 이사를 가게 되었습니다. 그래서 마음먹고 인사를 드리려고 소고기 서너 근 사고 이사 가는 집 주소랑 전화번호 드리려고 왔어요. 그리 멀지 않은 거리니까 틈나실 때 우리 집에 한 번 와주시면 고맙겠습니다."

이건 원 참! 난 케이크 하나 드렸는데 돈으로 치면 몇 배나 비싼 소고기를 사서 오니 왜 내가 오히려 얼마나 미안하던지….

그 고기를 받아들고 들어와 혼자 T. V를 보고 있자니 까닭 모를 기쁨이 온몸에 퍼지는 것이었다. 인간관계, 이웃관계, 작은 배려 하나 서로 주고받으면 이 편한 세상인 것을….

사례 셋, '작은 친절 큰 보람.'

내가 백화점 지배인으로 근무할 때 대단히 좋은 일까지는 아닌데 오히려 내가 큰 도움을 받은 일이 기억에 남는다. 그때가 1994년, 동수원점지배인으로 근무할 땐데 그때가 추석이 얼마 남지 않은 8월 하순쯤으로 기억하고 있다. 그날도 다른 날과 마찬가지로 10시 반 백화점 개점행사를 하고 매장 전 층 순시를 하고 정오가 돼서 9층 사무실에 올라와 잠시 휴식을 취하려는데 내 방 밖에서 우리 여직원과 누군가 손님이 옥신 각신 떠드는 소리가 들렸다. 그렇다고 싸우는 건 아니고 누군가 내 방문 앞에서 나를 꼭 만나겠다고 하고 여직원은 못 들어오게 말리고 그래서 문을 열고 여직원을 불러 내용을 알아 보니 나를 찾는 사람이 정신적으로 정상이 아니고 약간 정신병을 갖고 있는 사람으로서 하릴없이 매장을 누비고 다니는 문제의 여자라는 것이었다.

얼핏 보아 곱상하니 악한 사람 같지는 않았는데 비록 정신병이 있다고는 하나 나는 백화점책임자로서 왜 그러는지 한번은 만나서 이야기를 듣고 해결해야 다시 안 올 거 같기도 해서 우선 내 방으로 들어오게 하였다.

그리고 되도록 편하게 대하면서 주스도 한잔 대접하고 나를 찾는 이유를 물어보았다. 그랬더니 내가 묻는 말은 들은 체도 않고 자기 얘기만 늘어놓기 시작하는데 첫마디부터가 뻔한 거짓말을 하는 게 아닌가?

자기 남편이 대단한 회사 사장인데 우리 회장님과 학교 동기동창으로 아주 가까운 사이라는 것, 일주일에 두 번 이상 우리 회장님과 골프를 친다는 둥 우선 그분 나이(60대 중반)로 보아 나이가 안 맞으니 동기동창은 거짓이고 더욱이 그 당시엔 우리 회장님이 골프를 전혀 안 하시는 분이시니 골프 이야기도 거짓이고 부부동반으로 인터콘티넨탈호텔에서 어제 모임을 했다는데 어젠 우리가 늦게까지 임원회의를 하고 회식을 했으니 그것도 거짓말이고 그런데 이분은 왜 날 찾아와서 그런 거짓말을 하는 건가?

잠시 가늠을 해 보고 있는데 그 답이 그 사람의 입에서 나왔다. 실은 사은품을 좀 달라는 것이었다. 그때 마침 추석 특별판매 기간으로서 사은품행사를 하고 있었기에 부서별로 냄비며 가정소모품 등 여러 가지가 있었다. 매장에서야 물건을 사지도 않은 사람에게 사은품을 줄 리는 없고 오죽했으면 내 방까지 찾아와서 저러는가 한편은 측은하기도 하고 내가 그냥 내보내면 매장에 가서도 무슨 실수를 해서 정신도 성치 않은 사람이 봉변을 당할 것은 빤한 일인 거고….

그래서 여직원을 불러 각층에 가서 사은품 서너 가지를 가져오게 해서 들려주었다. 그랬더니 마치 성한 사람처럼 고맙다는 인사를 몇 번이나 하더니 가는 것이었다. 기분은 좀 씁쓸하지만 뭔가 귀찮은 일 하나 해결한 것 같이 홀가분하였다. 이제 뭐 또 올 사람도 아니니 말이다.

그래서 그날 이후 그 사건은 잊어버리고 있었는데 한 일주일 남짓 지날 즈음 예의 그 아주머니가 또 찾아온 것이었다.

그땐 사은품행사도 끝이 났고 특별히 올 일도 없을 텐데 찾아온 게 의외였다. 그날은 먼저보다 옷이며 머리며 얼굴화장까지 치장하고서 온 것이었다. 이젠 당당히 내 방문을 열고 들어오는 것이다. 아차! 싶긴 하지만 정신병자에게 될 수 있으면 자극을 주지 않고 부드럽게 대해서 빨리 돌려보내야 되는 것 같기에 차 한 잔 대접하고 이번엔 무슨 일이냐고 물어보았다.

그랬더니 이번엔 사은품 같은 얘기도 안 꺼내고 자기가 이화여대 출신이라든지 자기 남편이 서울대 출신이라든지(지난번엔 고려대 출신이라더니…) 아들, 딸들이 다 박사라느니, 아무튼 거짓말을 한 30분 늘어놓더니 갑자기 일어나서 가겠다는 것이었다. "아유, 오늘은 빨리도 끝나는구나." 안도하며 얼른 문을 열어주니 바로 가버렸다. 그 후 약 일주일 후인가 그분이 또 나타난 것이다. 그런데 이번엔 먼저와는 전혀 달랐다. 계절에도 안 맞는 옷이지만 아주 비싸 보이는 옷으로 치장하고 화장도 짙게 하고 큰 쇼핑백을 서너 개 들고 들어오는 것이다.

난 그저 어이가 없어서 그냥 하는 걸 보고 있자니 쇼핑백을 전부 열어 보여주는데 우리 백화점 슈퍼, 식품, 잡화, 의류, 가정용품 등 대충 기십 만원은 족히 넘을 상품들을 사 들고 온 것이다. 아마 내게 자랑하기 위해 일부러 산 모양이다. "아하! 오늘은 고귀한 나의 고객이시구나!" 순간 생각이 드니 친절하지 않을 수 없었다. 그런 일이 있은 후 한두 번 더 상품을 사 들고 온 거 같다.

그러다 어느 일요일의 일이었다. 오후 시간에 내 방에 있으려니 손님이 찾아왔다기에 맞이하게 되었다. 60대 중반쯤 보이는 노신사이시고 딸인 듯한 여대생 한 분이었다. 그 두 분은 내방에 들어서는 순간 자기소개도 잊은 채 그저 "고맙습니다."를 연발하며 머리를 조아리는 것이었다. 바로 그 여자 분의 남편이며 따님이었다.

자초지종을 들어보니 자기 아내가 몇 년 전부터 정신병을 얻어 요양병원에 있었는데 좀 그만해서 자가 치료를 하려고 집에 데려왔는데 가족들이 바빠 24시간 따라다니질 못하다 보니까 가끔씩 혼자 외출을 했다가 어디 가서 봉변을 당하고 들어오곤 해서 늘 걱정을 했었는데 어느 날부터인가 최근에 증세도 많이 좋아진 것 같고 항상 즐거워하고 어딘가 외출을 하는데 부쩍 모양도 내고 그래서 참 다행이다 싶었는데 최근엔 집에 얼마든지 있는 물건들을 수도 없이 사다가 골방에 쌓기 시작하더란다.

그래서 혹시 누구 사기꾼에게 걸린 건 아닌가 싶어서 아이들을 시켜서 몰래 어딜 가는지 뒤를 밟아보니 항상 우리 백화점에 와서 물건을 사서 내방에 와서 30~40분 있다가 나오곤 하는데 그렇게 즐거워 보이더란다. 그래서 실례인 줄 알지만 나에 대해서 주위 사람들에게 물어보았단다. 그랬더니 지배인에 대한 평도 좋고 누굴 등칠 분도 아닌데 정상인도 아닌 자기 아내를 그렇게 잘 대해 주셔서 너무 고마워서 인사차 왔단다. 병원 의사도 어쩌지 못하는 병을 전무님이 고쳐주시는 거 같다면서…. 이야기를 듣고 나서 순간 내가 대견하게 느껴진 것은 사실이었다. 그래서 내가 딸에겐 한 마디 충고를 하였다. 엄마를 그렇게 혼자 다니시게 하면 어디서 무슨 사고를 당하실지 누가 아느냐 힘들더라도 각별히 주의하라고….

그러고 있는데 우리 여직원이 결재 서류와 함께 본사에서 온 업무 지시서를 가지고 들어왔다. 내용인즉슨 추석을 맞이하며 직원 권유판매에 대한 우리 점포에 대한 할당량에 관한 것이었

다. 우선 각 부서에 하달해야 하겠기에 대충 부서별로 나누어
결제해서 내보냈다. 잠깐 이 광경을 옆에서 지켜보고 있던 그분
이 이때 조심스럽게 내게 하시는 말씀이 "혹시 그 권유판매, 상
품권도 해당이 됩니까?" 하는 것이었다. "물론 해당이 됩니다
만, 할당량이 만만치가 않습니다." 했더니 "그럼 저 좀 주십시
오." 하는 것이 아닌가? "아닙니다. 일부러 그러실 필요는 없습
니다. 차후에 꼭 필요하실 때 오십시오." 했더니 "아닙니다. 마
침 추석을 맞이하여 그동안 신세 진 거래처와 회사 직원들 상
여금도 지급해야 하니 유용하게 쓸 수 있을 것 같습니다."

조금 전 받은 명함을 다시 보니 오산에 있는 중소기업 대표
로 되어 있었다.

"아, 그렇다면 그런 용도로는 제격이지요. 저희 회사 점포나
킴스클럽에서 쓰셔도 됩니다." 했더니 제법 큰 금액을 구매하
는 것이었다. 내가 노력해서 쉽게 될 수 없는 금액을 단숨에
팔게 된 것이다. 이번엔 주객이 전도된 기분이었다. 오히려 내
가 고맙다는 인사를 몇 번이고 하기에 이르렀다. 그런 일이 있
은 후 몇 번인가 명절 때마다 그분이 찾아오셔서 상품권과 명
절 선물을 구매하시곤 하였다.

친절…! 대단히 출세한 사람, 돈 많은 사람, 또는 나보다 강한 사람, 예쁘고 멋있는 사람에겐 누구나 친절하다. 그러나 그와 반대되는 사람, 보잘 것 없는 약자에겐 그렇지 못할 때가 많다. 전자의 친절은 친절이 아니고 그냥 생활이고 후자의 친절이라야 진짜 친절이라 말할 수 있을 것 같다.

후일담

나의 대인관계론이랄까? 몇 가지 철칙이라면 철칙이 있다. 그것은 나로 인하여 도움이 될 수 있는 것을 상대가 찾기 전에 내가 먼저 찾으려고 노력한다는 것이다. 또한 찾았으면 그것을 바로 실행하려고 시도하고 막히면 끝까지 도전하여 해결될 때까지 해 보는 것이다. 그렇게 해서 해결된 사례를 열거하라면 페이지가 모자라겠지만 자화자찬이 될까 하여 생략한다. 다만 상식적인 대인관계는 상식적인 결과를 뛰어넘지 못하지만 상식을 초월한 노력이 깃든 대인관계는 상식으로는 도저히 납득이 될 수 없는 기대 이상의 결실과 기적으로도 이어질 수 있다는 것을 말하고 싶은 것이다. 그러나 결과물을 얻기 위해서 전략적 친절이나 선행을 한다면, 하늘이 웃을 것이며 땅이 비웃을 것이다.

김종민
자전칼럼

13

전무님도 맛이 갔구먼요 - 60대 이후

이 대목에서는 내가 왜 내가 '예수쟁이'가 되었는가를 이야기하고자 한다.

아주 오래전부터 가까운 나의 지인들은 내가 예수를 믿는다는 사실에 반신반의하고 있다. 수십 년 교분을 가진 사람들의 말이 도대체 종교와 김 종민 이의 평소 적성과 매치가 안 된다는 것이다.

그도 그럴 것이 나는 아주 어린 시절엔 멋모르고 교회를 가

본 적은 있어도 진정으로 예수를 믿는 사람은 아니었다. 그 후 사회생활을 하면서도 주위에 성직자, 목회자, 종교인 등 가까운 분들에 둘러싸여 있을 뿐만 아니라 아내와 딸도 독실한 크리스천이었음에도 종교는 나와는 거리가 먼 시간 많고 의지 약한 사람들이나 하는 자기만족 정도로 여기고 있던 터였다.

그랬던 내가 '예수쟁이'가 된 것은 물론 만나는 사람들에게 전도까지 하는 열성 신자가 된 것은 원래부터 계획된 하나님의 뜻인지는 모르겠으나 나로 하여금 그렇게 하지 않으면 안 되는 시련과 구원을 체험케 했기 때문이었다.

이제부터 약 10여 년에 걸친 그 과정을 말하고자 한다. 혹, 주관적 체험으로 치부하여도 어쩔 수는 없겠지만 나에게 있어 상상하지도 않았던 전혀 다른 세계를 체험한 것은 거짓말을 제일 싫어하는 나 김종민의 생생한 실화이니까…

지금부터 하는 이야기는 좀 길어질 수도 있겠지만 가능한 갈피를 접지 말고 끝까지 나누었으면 한다.

어린 시절 나는 아주 약골인 아이였다. 초등학교 시절은 말할 것도 없고 중, 고등학교 시절도 마찬가지였다. 그러나 그후 군대생활을 거치면서는 어느 정도 건강을 찾게 되었다. 원체 생활습관이 술, 담배는 물론 건강에 해로운 것은 안 하다 보니 자연히 좋아진 게 아닌가 싶다. 그 후 줄곧 50이 넘을 때까지는 병원 문턱은커녕 그 흔한 종합검진, 내시경 한 번 받아본 일이 없었다. 얼굴도 동안인 데다가 건강도 좋으니 질병이나 건강관리엔 거의 신경도 안 쓰고 오직 일만 열심히 하게 되었다.

그런데 아마 50대 초반쯤으로 기억되는데 회사의 정기건강검진이라고 해서 간단히 피검사, 소변검사, X-ray검사를 했는데 재검 통보가 와서 다시 재검을 받으니 당뇨(혈당수치)가 160이 나왔다며 당뇨 초기 증세 같으니 주의하라는 당부를 받았다.

그러나 그때만 약간 걱정을 했을 뿐 당뇨라는 게 별 증세가 있는 것도 아니고 또 그때는 회사 지방 전점 인허가 업무 및 개점 업무 등 너무나 중요한 직책을 맡고 있었기 때문에 당장 증세가 없는 당뇨 초기 가지고는 엄살을 필 입장이 아니었다.

자연히 대외업무가 많으니 접대도 많고 해외출장도 잦고 그러다 보니 과식도 하고 과로도 하고 스트레스도 받고 운동은 부족하고 서서히 컨디션이 나빠지게 되었다. 당뇨병 진단 즉시 관리에 들어갔어야 하는데 15~16년을 방치하다 보니 드디어 탈이 나기 시작했다.

처음엔 신경전정염으로 2003년 가을인가 출근을 하려는데 갑자기 하늘이 빙빙 돌고, 토하고, 쓰러지게 되고, 구급차를 불러 대학병원으로 가면서 아~ 이게 뇌출혈이나 무슨 그런 병으로 알았다.

다행히 응급실에서 각종 검사를 한 결과 '전정신경염'. 귀의 평형을 잡아주는 달팽이관에 문제가 생겼을 것이다. 평생 최초의 10여 일 입원이었다. 그 후로 왼쪽 귀에서는 아주 심한 이명이 발생했다. (지금까지도 종종 그렇다.) 그 후로 급격히 기력이 떨어짐을 느꼈지만 정상적으로 회사생활을 이어갔고 별문제가 없었다.

그러던 중, 2007년 9월 1일, 당뇨수치가 500~600을 넘으니 별수 없이 인슐린 처방을 받기도 하고 인슐린 펌프시술병원에 입원을 하게 되었다. 입원하고 있던 중, 반포에서 친구들이 문병을 와서 근처 식당에 나가 점심을 먹고 헤어져 병원으로 들어오는 도중 식당에서 병원까지는 약 200m 거리인데 한두 발작 떼면 숨이 콱콱 막히고 잠시 쉬었다 다시 걸어도 마찬가지고….

병원을 빤히 바라보면서 그 200m 거리를 지척이 천 리라고 아마 한 40~50분은 걸려서 들어온 것 같다. 병원 도착 즉시 증세를 얘기하고 X-ray 촬영을 하니 온통 폐가 하나도 안 보이고 물이 가득 차 있다는 것이다.

그 병원은 작은 병원이라 원장이 놀라서 급하게 성모병원 응급실로 예약하고 급히 응급실로 갔다. 우선 호흡을 못 하니까 주사기와 물통(양동이 크기)을 가져오더니 옆구리를 찔러 물을 빼내는데 아마도 그 통의 2/3 정도는 나왔을 정도로 많은 양이 나오는 것이었다. 비로소 호흡이 편안해지고 살 것 같았다. 그러나 물을 다 빼냈다고 해서 끝난 것이 아니라 계속 응급실에 있으면서 물이 차게 된 원인분석을 위해서 각종 검사가 시작되었다.

응급실에 들어온 지 3일 만에 검사결과가 나왔다. 검사결과 심장에 문제가 생겼다는 것이다. 심장에 관상동맥이 3개 있는데 그중 2개가 약 70~80% 막혀 있다는 것, 그래서 심근경색 위험도 있다는 것, 결국 입원을 하고 심장수술을 받게 되었다. 지금껏 살아오면서 너무 내 몸 관리를 안 하고 제대로 종합검진 한번 안 받아보고 살아온 게 후회스럽기도 하면서 내가 이제 인생의 중요한 갈림길에 서 있구나 하는 미묘한 감정이 생기는 것이었다.

그 후 2008년 여름, 갑자기 귀가 전혀 들리지 않는 것이었다. 친구의 소개로 저명한 이비인후과(방배동) 박사님께 검진을 받으러 갔다. 진단 후 간단한 약을 처방해 주시기에 집으로 돌아와 있자니 그 친구로부터 전화가 왔다.

진단결과 돌이킬 수 없는 기능을 상실했으니 보청기를 하면 약간은 도움이 되니 입원하여 보청기 시술을 해야 된다는 것이다. 정말 가지가지 하는 내 처지가 너무 청승맞고 싫지만 어쩌겠는가?

다음날 여주에서 처남과 다른 손님들과 합석으로 중요한 식사자리가 있어 여러 가지 의견개진도 있고 대화를 해야 하는 자리였다. 이야기 도중 나는 그 사람들과의 대화가 입만 나불나불하지 모두지 내 귀는 너무나도 고요한 적막강산이니 자구 내가 입과 표정만 보고 이야기를 하다 보니 계속 동문서답을 하였나 보다.

그때야 처남이 "아니, 말이 안 들리느냐? 왜 자꾸 딴소리를 하느냐?" 핀잔을 주는 것이다. 결국 나는 그 말도 안 들리니까 대강 나를 질책한다는 것은 알지만 뜻을 모르니 대꾸는 못하겠고 그저 히죽 웃을 수밖에 없었다.

그때 내가 깨달은 것은 귀의 장애를 가진 분들이 십분 이해가 가는 것이다. 소리가 안 들려 말귀를 알아듣지 못하니 웃기라도 해야 그 사람 말에 대한 대답(긍정도 부정도 아닌)일 수도 있고 예의일 수도 있기 때문이라는 것을….

미국인과의 짧은 영어로 대화하다 보면 무슨 말인지 모를 때 괜히 웃으며 반응하는 것도 이해가 가는 것이었다. 나는 정녕 동족이면서도 영영 외국인으로 살아가야 하는가?

그 후 보청기에 대하여 이것저것 알아보면서 보청기 시술을 위한 입원을 미루고 있던 차에 귀가 안 들리고 약 2주일 정도 지난 어느 날, 새벽잠에서 깨었는데 베개 속 메밀 움직이는 소리가 시끄럽게 들리는 것이 아닌가? 나도 모르게 벌떡 일어나 T. V를 켜니 뉴스며 선전이며 옛날과 똑같이 들리는 것이 아닌가?

급히 차를 몰고(경적 소리며 지나가는 오토바이 소리, 끼어들었다고 욕하는 소리, 소리, 소리, 반가운 소리!) 나를 진단했던 서 박사님 이비인후과로 가서 정밀검사를 하였다. 잠시 후 서 박사님은 믿기지 않는다면서 어쨌든 정상으로 회복되었다고 하였다. 그 순간 얼마나 고맙던지 "박사님의 처방 덕분에 완쾌되었습니다." 진심 어린 감사를 하고 돌아왔다.

그로부터 1년여는 인슐린펌프도 달고 건강에 신경을 써서 별 탈이 없었으나 지난 1, 2년 사이 서서히 탈모가 시작되더니 이젠 거의 빠져(옆머리만 남고) 형광등 밑에 서면 정말 빛나는 머리통이 되어 있었다. 그 후 시장이나 마트 백화점 같은 곳에 가면 그저 눈에 보이는 게 모자가게뿐이었다. 그렇게 사다 놓은 모자가 수십 개에 이르렀다. 본의 아니게 변장된 나의 모습을 몰라보는 일도 빈번해지고….

그러던 중 1, 2개월 후인가? 어느 날 반포 친구들이 "야 너 머리가 나는 것 같아!"라며 이구동성 이야기를 종종 해서 난 '설마?' 하면서 유심히 관찰하기에 이르렀다. 그로부터 한 6개월이 경과했을까? 어느 날 머리를 감고 빗질을 하니 그전엔 빗질을 해도 아무 장애물 없이 미끄러지던 빗이 무언가 약간 걸리는 듯한 느낌이 오는 것이다. 아나나 다를까? 하루가 다르게 머리숱이 생기기 시작하더니 순식간에 흉하지 않을 만큼 머리가 난 것이다. 예전 같지는 않아도 더 이상 모자 신세는 지지 않아도 되어 그 많던 모자는 나에게서 버림을 받게 되었다.

그로부터 1년 후 그러니까 2009년 10월, 병석에 계시던 장모님께서 별세하셨다. 처가가 여주인데 장모님이 6남매를 두셔서 문상객도 많을뿐더러 마침 주말이라 4일장을 치르게 되었다. 그런데 나는 그 무렵 계속된 감기 기운이 있어 기침도 하고 아침저녁 몸도 붓고 좀 힘들었지만 맏사위로서 상주 노릇을 해야 할 형편이었다.

4일간을 강행하고 장지(약간 가파른 언덕)에 고인을 모시고 온 날 발을 보니 퉁퉁 부어 있는 것이다. 내심 걱정을 하면서 샤워를 마치고 나오니 오른쪽 발등에 길이 약 30㎝, 폭 10㎝, 높이 5㎝ 정도의 물집이 잡혀 있는 것이 아닌가? 수건으로 닦고 몇 발짝 걷는 순간 그 물집이 힘없이 터지면서 물이 나오는데 한 세숫대야를 쏟아 부은 만큼이나 많은 양이었다.

다음날 내가 다니는 당뇨전문병원(인슐린펌프시술병원)으로 급히 가서 발 상태를 보여주니 다른 외과로 가란다. 그 후 약 일주일 정도 병원치료를 받던 중 감기인가 싶었던 기침이 한 달 이상 계속되는가 싶더니 약간의 호흡곤란증세가 나타나 진단해 보니 폐렴합병증으로 폐에 물이 차기 시작했다는 것이다. 할 수 없이 입원하고 치료를 받았는데 설상가상으로 심부전증세가 악화(수치 7.5)되어 투석을 하지 않으면 안 될 지경에 이르렀다.

어느 날 병실에 가까운 지인이 문병을 와 있는데 주치의 박사님이 의사 5, 6명을 대동하고 회진 오셔서 "당신은 투석을 즉시 하지 않으면 사망할 수도 있다."고 말하면서 지금은 의술이 발달하여 투석만 하면 10년 이상 20년은 생명에 지장이 없다고 하시면서….

그러나 나는 절대로 투석을 하지 않겠다고 대답했다. 왜냐하면 나는 주위 사람들과 어울려 살아야 하고 또 일주일에 3회, 1회 4시간씩 평생 투석을 하고 산다면 그것은 사는 게 아니라 살아 있는 것뿐 아닌가? 또 최근 작고하신 장모님도 말년에 공연히 투석을 하셔서 1년여 갖은 고생만 더 하시고 일찍 돌아가셨기에 투석에 대한 거부감이 남다르게 심한 편이었다. 그러니까 그렇다면 병원에 있지 말고 약이나 처방받고 퇴원하란다.

그런데 이때 심장을 보시던 주치의 선생님이 내 발의 상태를 보시더니 즉시 성형외과 선생님에게 진료를 받게 해 주셨다. 성형외과에서도 발의 상태를 보고는 아연실색하며 80~90% 절단을 각오해야 한다는 것이다. 그러나 한 번 혈류검사를 해 보고 혈액이 돌고 있다면 수술이라도 한 번 해보잔다. 다행히 혈류에는 이상이 없어 즉각 수술에 들어가겠는데 다만 보호

자가 만약 잘못되어도 좋다는 서약서에 서명하고 상처 부위의 죽은 살점들을 모두 제거하고 엉덩이 살을 떼어 이식하는 방법을 써보잔다.

그럼 입원 초부터 그렇게 했으면 폐 치료, 신장 치료하는 기간 약 20여 일을 그냥 보내고 이제 또다시 그런 수술을 하면 도대체 또 얼마 동안이나 병원에 있어야 되나 싶어 내가 수술을 반대하고 우선 급한 대로 죽은 살이나 떼어내고 꿰매 줄 것을 요구하였다.

그랬더니 의사들은 잘못되어도 책임 못 진다면서 내 요구대로 해 주었다. 병원 관계자들의 우려 섞인 눈길을 받으며 휠체어에 몸을 의지하고 퇴원하기에 이르렀다. 퇴원이라야 완치한 후의 퇴원이 아니라 한 치 앞도 어떻게 될지 모르는 위기감을 안고 포기하듯 병원을 나오는 퇴원 아닌 퇴원…

일단 집에 왔으니 기분은 아늑하고 좋은데 워낙 기력이 쇠잔하여 거동하기도 여간 힘든 게 아니었다. 하는 수없이 아내가 친정에 가서 며칠 전 작고하신 장모님이 쓰시던 세 발 달린 지팡이와 환자용 화장실 의자를 가져와서 그나마 유용하게 사용하였다.

그런데 퇴원 후 일주일 되던 어느 날 갑자기 화장실에서 졸 도하여 넘어지면서 머리가 깨져 성모병원 응급실로 가는 즉시 머리를 깎고 각종 검사와 함께 급한 대로 꿰매고 파상풍 예방 주사도 맞고…. 그 후에도 여러 번 졸도하고 실려 가고 탈진하 고 기적적으로 일어나고 예상치도 못한 합병증으로 응급실을 들락날락하였다.

돌아보면 나의 병력도 화려하지만 나의 기적도 보통 화려한 것이 아니다.

처음엔 머리가 다 빠져서 가발까지 준비하게 되었으며 그다 음엔 눈에 망막이 터져 왼쪽은 거의 실명되었고 오른쪽만 겨 우 보며 생활하게 되어 눈 레이저 수술을 세 번씩이나 받았는 데도 차도가 없더니 약 20여 일이 지난 어느 날 우연히 치유 가 되었고 그 후엔 화장실에서 낙상해서 뇌출혈로 응급실에 실려 가서 머리 다 깎고 다 꿰매고 소동을 벌였지만 다행히 출 혈이 멈춰 살 수 있었는데 그 뒤엔 졸도도 하고 심지어는 발에 큰 상처가 생겨 거의 절단위기까지 갔었으나 기적처럼 완쾌되었다.

그러다 또 한 번의 위기가 찾아와 급하게 중환자실에 입원하고 심근경색 시술을 하게 되었다. 일단 위기를 넘기고 옆구리엔 인슐린 펌프를 차고 식사 때마다 인슐린을 넣고 혈당관리에 들어갔다. 그러나 그때부터 내 여러 기관에 변화가 오기 시작하였다.

드디어 내 인생의 최대위기를 맞은 게 2010년 7월 21일이었다. 그땐 딸이 신혼 초에 아주 어린 손녀와 일산에서 살고 있었기에 아내가 그게 안쓰러우니까 거의 주말 빼고는 일산에 가 있고 나 혼자 생활하는 때가 많았다.

7월 초쯤인가부터 간혹 가슴이 뻐근하고 좀 쉬면 괜찮고 소화가 안 되는 거 같기도 하고 그래서 소화제를 계속 먹게 된다. 그런데 가끔 가슴이 뻐근하고 아픈 게 하루에 한 번에서 두 번, 두 번에서 세 번 차츰 늘더니 나중엔(아마 7월 중순쯤인 거 같다) 눈을 감으면 피 같은 게 보이는데 눈을 뜨면 피는 없고 그냥 눈만 뻑

빽하고 심지어 이발소에서 머리를 감기 위해 목을 젖히니까 눈에서 핏덩이가 왔다갔다 하는 게 보이는 것 같고….

영 이상하긴 한데 금방 쓰러지는 것도 아니고 그냥 참고 지내게 되었다. 그러나 운명의 7월 21일 새벽, 아마 목요일쯤으로 기억되는데 의례 주중엔 항상 나 혼자 집에서 잠을 잤는데 그날은 이상하게 아내가 집에 다니러 와서 같이 자게 되었다. 그러다 아마 새벽 5시쯤인 것 같다.

내가 혼수상태가 돼서 침대에서 떨어졌나 보다. 나는 몰랐지만 놀란 아내가 급하게 차에 싣고 성모병원 응급실로 갔다. 그때부터 나는 깊은 혼수상태가 된 것이다. 심한 심근경색으로…. 그로부터 일주일 의식이 돌아오기까지 하루하루가 위기였다는 것이다. 가족들은 24시간 중환자실 복도에 대기하고….

그러나 나는 이때 아니 내 영혼은 정말 너무나도 경이로운 현실을 맞이하고 있었다. 내 몸은 혼수상태가 되어 성모병원 응급실에서 사경을 헤매고 있는 시간 내 영혼은 을지로 3가에 있는 극장에 가게 되었다. 그 극장에 들어가니(8층으로 기억된다)

관람석이 안락한 소파로 되어있고 관객은 붐비지 않았는데 매우 고급스러우면서 쾌적하고 관계자들이 누구라면 금방 아는 유명 연예인들이었다.

드디어 영화가 시작되는데 그 영화가 〈사운드 오브 뮤직 (Sound of music)〉마냥 아주 아름다운 경치를 배경으로 한 총 3편으로 된 애틋한 러브스토리였다. 너무나 감동적인 영화를 보면서 "아~이 영화는 아내를 데리고 와서 꼭 한 번 다시 봐야겠다." 생각을 하며 1편, 2편, 3편까지 다 관람을 하니 밖이 벌써 어둑어둑해지는 느낌이었다.

영화가 막 끝나 이제 일어나려니까 이게 웬일인가? 내 몸은 이미 의자에 묶인 상태처럼 거동을 못 하게 만들어 놓은 게 아닌가? 하는 수 없이 다시 주저앉아 있으려니 예의 그 관계자들이 와서 나를 의자 채 빙빙 돌려 이동시키더니 1층 현관 앞으로 갖다 놓는 것이었다. 앞을 보니 버스가 한 대 와서 대기하고 있었는데 나를 그곳에 강제로 타게 하는 것이었다. 버스 안에는 다른 사람이 있는 것 같기도 하고 나 혼자인 것 같기도 했다.

여하간 버스가 움직여 출발해서 가는데 논, 밭을 지나 큰길을 따라 어느 논밭 가운데 넓은 광장이 있고 하얀 건물이 우뚝 서 있는 그런 곳으로 나를 데려간 것이다. 버스에서 내리니 70~80명의 사람들이 이미 와 있었으며 옆을 보니 의외로 아내도 있었다.

조금 있자니 건물 앞에 있는 연 단위에 온통 하얗게 옷을 입은 노인(실제 얼굴은 젊어 보였다)이 등단하더니 "이곳에 오신 것을 환영합니다. 이곳은 여주에 있는 보령문화교류재단입니다." 하면서 간단한 인사말과 함께 건물 안으로 들어갈 것을 권유하였다.

나는 그때 비로소 옆에 있는 아내에게 이곳에 오게 된 동기를 물어보았다. 그랬더니 아내 말인즉슨 그곳은 자기 고등학교 동창생 누구(실명도 말했다)의 소개로 알게 되었고 그곳은 부부화합을 위한 대화방인데 금 2,000만 원어치를 사서 내고 들어왔단다.

그 순간 내가 얼마나 아내에게 무심했으면 이런 일까지 생겼을까 내심 미안한 생각도 들고 기왕 왔으니 건물 안으로 들어가게 되었다. 건물 안으로 들어가 보니 건물구조가 큰 교회당마냥 중 2층으로 설계되어있고 아래층엔 벽을 끼고 쭉 의자와 침대가 있는데 나는 그 한가운데 침대 겸 의자에 자리 잡게 되었다.

중 2층을 보니 금빛 물이 출렁대고 흰 가운차림의 여자와 남자들이 춤추고 노래하고 낯익은 연예인 얼굴도 보이고 아주 무슨 지상낙원처럼 보이는데 순간적인 느낌으로 그 춤추고 노래하는 사람들이 좋아서 하는 게 아니라 감금상태에서 강요에 의해서 하는 것처럼 어색하고 청승맞게 보이는 것이 아닌가? 이렇게 이상한 감정을 느끼는 순간 개인 면담을 해야 된단다.

잠시 후, 드디어 내 차례가 되었다. 개인 면담은 내가 있는 1층에서 중 2층까지 올라가는 계단 중간에 작은 공간이 있는데 그곳에 작은 책상을 가운데 두고 예의 그 흰 가운의 노인이 나를 앞에 앉히고 면담을 시작하게 되었다.

내가 그 앞에 앉으니 그는 "당신이 왜 이곳에 왔는지 아느냐? 부인에게 잘못한 게 너무 많아서 이곳에 왔다. 이곳에 오기 전 당신에 대한 조사는 다 끝났다. 만약 허튼짓을 하면 네 직계가족(처가 포함)은 물론 가까운 지인까지도 다 없애버릴 것이다." 하면서 그간의 나의 이력, 잘못한 일 등 정말 내가 숨기고 싶은 사건까지도 소상하게 밝히는데 아연실색하지 않을 수 없었다. 심지어는 30~40년 전에 실종된 가족은 내가 가족사항에서 뺐더니 "그 사람은 왜 안 대느냐?" 하기에 "그 사람은 그때 실종되어 사망신고까지 했을 것이다." 하니 "무슨 소리냐? 그 사람은 지금 제주도에 살고 있다."고 했다.

그게 사실 인지 아닌지 모르겠지만 정말 너무나도 놀라운 장면이 아닌가?

또한 내가 지금까지 살아오면서 지은 죄, 들킨 죄는 물론, 안 들킨 죄까지도 다 알고 있는 것이다. 만약 이 모든 치부가 세상에 알려지면 지금까지 그럴듯하게 포장하고 살아온 내 정체성이 한순간에 무너질 게 빤한 일이니 나를 무슨 저항도 할 수 없이 만들어버린 것이었다.

결국 면담을 마치고 내려오면서 직감적으로 잘못 들어온 것임을 깨닫게 되어 아내에게 "우리가 잘못 온 것 같으니 나갈 수 있는 방법이 없겠느냐?" 물으니 너무나 어이없는 대답을 하는 것이 아닌가?

내가 그곳에 들어올 때 이미 신분이 바뀌었는데 나(김종민)는 1967년생으로 북한에서 넘어온 악질간첩인데 이름이 '이원희'란다. 그리고 그곳을 나가려면 우리의 전 재산을 내야 하며 내 직계가족 모두가 그곳에 와서 자기들과 합의를 해야 나갈 수가 있다는 것이다. 이건 정말 난감한 일이 아닐 수 없었다.

우리 재산 다 내는 거야 다 갖다 주고 월세 살면 되지만 내 가족은 물론 처가까지도 모두 못살게 할 수는 없는 일이 아닌가? 모든 힘이 내 몸에서 빠져나가는 순간이었다.

어쩔 수 없이 내 자리에 와 있으려니 한사람 두 사람 가까운 지인들이 면회를 오는 것이었다. 그런데 누구든지 그 건물 안으로 들어오면 누구든지 예외없이 감금시켜 놓으니 누가 오는 것도 여간 겁나는 일이 아닐 수 없었다.

이 사람 저 사람 감금되어 있는데 심지어는 내가 잘 아는 목사님, 전도사님, 주치의 선생님들도 다 오시니 내가 얼마나 큰 걱정을 했겠는가?

또한 평소에 잘 아는 신문기자, TV기자 등도 왔다가 취재하는 걸 방해당하기 일쑤고 어느 간호사와 기자는 2층을 목격했다는 이유로 살해당하기도 하고….

하루하루가 지날수록 무서운 현실은 계속되었다. 드디어 TV에는 우리 부부가 실종되었다는 뉴스가 나오는가 하면 그곳이 마귀소굴로 인식되어 토벌대(경찰, 군인, 기마병, 심지어 미군까지)가 들이닥치기도 하였다.

그러나 그런 토벌대가 와도 그놈들의 교묘한 위장술에 속아 번번이 돌아가든가 어떤 때는 실제로 전투를 할 때도 있는데 그때는 2층의 대형 스크린이 캄캄하게 꺼지고 '우당탕' 소리를 내가며 일진일퇴를 하다가 잠시 후 스크린이 커지면서 '공화국 군대승리'라는 자막이 뜨고 다시 도 노래하고 춤추고…

그러는 중에도 나는 계속 시달리고 있었다. 입을 벌려보라 하고 칼로 확 긁어놔서 피가 줄줄 나게 하는가 하면 사회에서 나를 잘 아는 간호사가 와서 혈압 막막 등을 재고 좀 도와줄라치면 확 낚아채 가기도 하고 계속 공포 분위기 속에서 떨고 있었다.

그로부터 하루가 지났을까? 이젠 나에 대한 시험이 시작되었다. 시험은 2층에서 사람이 보이지 않는 육성으로 문제를 내면 내가 대답하는 형식이었는데 2층에는 삼각형의 난간이 있고 그 아래엔 금물결이 출렁대고 삼각형 꼭짓점엔 날이 시퍼런 도끼가 휘청대는 자루 위에서 도끼날은 세 개 모두 나를 향해 휘청휘청 대고 있었다.

드디어 시험문제가 육성으로 들리는 것이었다. 그런데 그 문제라는 것이 도저히 내가 맞힐 수 없는 그런 것들이었다.

예컨대 "6월 2일 치러진 지방선거에서 당선된 강원도지역 단체장의 이름을 대라." 또는 "법조인이면서 단체장에 당선된 사람을 다 대라."는 등 주로 인명에 대한 상식문제인데 "만약 하나라도 못 맞히면 대한민국에 단체장이 하나도 없는 사태가 발생할 수 있다." 또는 "군 수뇌부 이름을 대라." 또는 "경기도의회 모 여자의원이 있는데 그 동생이 충청도 어느 곳에 단체장인 줄 아느냐?" 등등….

　그러니 내가 무슨 정치인도 아니고 무슨 선관위도 아닌데 무슨 수로 그것을 다 맞힌단 말인가? 그렇지만 어쩌겠는가? 있는 머리 없는 머리 다 짜내고 평소 뉴스에서 본 것을 아는 대로 대답해 보지만 기껏해야 40~50점을 넘기기도 어려운 지경이었다. 그런데 문제는 그것을 못 맞히다 보니 2층에서 육성으로 "계속 못 맞히면 결국 처형할 수밖에 없다." 하더니 카운트다운이 시작되고 카운트다운은 처형 19일 전부터 시작해서 못 맞힐 때마다 18일, 17일, 16일, 15, 10, 4, 3, 2, 1일, 결국은 "할 수 없다. 이제 처형하겠다. 하니 예의 그 도끼날이 나를 향해 휘청대면서 점점 다가오는 것이 아닌가?

　나는 될 수 있으면 그 도끼날을 피하려고 자주 몸을 옆으로 빼면서 손을 높이 들고 다시 한 번 해 볼 것을 제의하였다. 그러자 그럼 마지막이라면서 또 문제를 내는 것이었다.
　그러나 그 문제 역시 내가 알 수 없는 것 너무 고심하다 보니 머리가 부서질 것 같은 통증을 느끼고 있는데 눈을 들어 천정을 보니 이게 웬일인가? 그 천장 굽도리지 비슷한 띠에 지금 그 문제의 답이 뉴스의 자막이 흐르듯 선명하게 흘러가는 게 아닌가?

순간적으로 정신을 가다듬고 그 답을 말하니 맞는다는 것이다. 그래서 겨우 처형 직전에서 기사회생하여 날짜가 연장되었다.

그런 후에도 계속 시험문제는 나오고 나는 대답을 하고 그러다가 막다른 위기의 순간이 되면 누군가 또 자막으로 알려주고… 일진일퇴가 계속되었다.

심지어는 이북에서 넘어온 장군이 남한에서 도지사를 하고 있는데 그 사람에 대한 인적사항을 대란다. 요행이 이름은 아는 사람이라 이름을 댔더니 틀렸단다. 두 번, 세 번 대답해도 그 이름이 틀림없기에 같은 대답을 했지만 틀렸다는 것이다. 난감한 때 그 답이 자막으로 뜨는 것이었다.

그럴 때는 그렇게 이름만 대는 것이 아니고 "그 간나 새끼래, 지금은 ○○에서 도지사질 하고 자빠졌드래요." 해야 된단다.

내가 그런 사투리를 알 턱이 없지 않은가? 그래서 그대로 대답했더니 아연실색을 하며 깜짝 놀라는 것이었다. "혹시 누가 가르쳐주는 것 아니냐?"면서 심지어는 아내가 옆에서 무슨 말을 할라치면 가르쳐줄까 봐 아내도 해치겠다고 엄포를 놓고 하였으니 말이다.

얼마만큼 싸웠는지, 결론이 나지 않자 결국은 나를 야외 처형장 같은 곳으로 데려가는 것이었다. 그곳에 가보니 나와 같은 처지의 사람들이 몇십 명은 줄을 지어 누워 있는데 옷은 다 벗긴 상태로 겉에는 우비 비슷한 것으로 감싸 입고 얼굴만 내놓고 있었다.

나를 비롯해서 누워 있는 사람들 모두를 1차 칼로 배를 난자하니 뜨거운 피가 몸 전체를 적시는 기분이었다. 그런 다음 다시 의자에 앉혀지고 앞에는 시골 원두막 같은 망루가 있는데 그곳에서 또 시험문제를 내는 것이었다.

주위를 둘러보니 가까운 친척들의 얼굴도 보이고 저만 치에는 마귀부대가 6~7줄 정도 도열해 있고 앞 광장에는 소년병인 듯한 사람들 수십 명이 줄지어 앉아 있었다. 그때 미국 여자가 구호물자 같은 것을 가지고 왔다.

그것은 피자인데 피자를 바닥에 죽 갈아놓으니 그놈들이 거기에다 인분을 뿌려가며 "똥" 하는 것이었다. 결국 먹을 수 없게 되고 통닭을 수백 마리 갖다 놓으니까 "쥐고기" 하면서 또 죽은 쥐를 그 위에 뿌려서 못 먹게 하고….

잠시 있자니 진짜 아군이 그 마귀부대를 소탕하려 들이닥쳤다. 그러나 그놈들의 위장술이 워낙 뛰어나고 우리는 이북에서 온 악질 간첩이라 처형하려 한단다. 결국은 아군들은 그 마귀들의 열과 열 사이를 총을 들고 왔다 갔다 하며 조사를 하면서도 그대로 속고 돌아가는 것이었다.

너무도 안타까운 현실이지만 난 그저 보고만 있을 수밖에 없었다. 잠잠해지자 다시 시험을 보고 시달리고 그러기를 종일 저녁이 되어도 아무런 결론이 나지 않았다. 그러자 다시 버스가 한 대 오더니 타라는 것이다. 버스에 오르고 보니 거기와 있던 가족, 친지 등 아는 분들의 얼굴이 보였다. 버스를 타고 한참 만에 도착한 곳이 수원의 여느 교실처럼 생긴 큰 건물이었다.

　그 건물 안으로 들어가니 한쪽 켠에는 구내식당(배식구가 있는) 같은 곳이 있고 다른 쪽엔 미리 와있는 여러 사람들이 줄지어 앉아 있는데 그중에는 내가 아는 사람들도 눈에 띄었다. 나도 그 줄에 앉으니 입고 온 옷을 벗고 그곳에서 주는 가운 비슷한 옷으로 갈아입으라는 것이다.

　옷을 갈아입으면서 지갑과 휴대전화가 생각났지만 이제 곧 죽을 몸인데 그게 무슨 필요가 있겠나 싶어 입던 옷에 넣어둔 채로 가운을 갈아입었다. 가운을 갈아입으니 나에게 침대가 배정되고 배식구에 가서 줄을 서서 밥도 타다 먹고….

　그런데 배식구나 침대 근처에 간혹 아는 사람들의 얼굴이 보이는데 그때 그들이 나 때문에 잡혀 온 걸로 믿고 있기에 그때 느낀 미안한 감정은 지금까지도 가슴 한켠에 남아 있다.

　식사를 마치고 침대에 가 있으니 침대 양쪽 머리맡에는 각종 빵과 음료수 등이 링거대 같은 곳에 매달려 있는 것이었다.

그 상태로 조금 있자니 그 시설의 책임자가 비로소 나타났는데 그곳은 수원에 있는 처형장이란다. 그곳에서도 나에겐 또시험이 시작되고 내가 의자에 앉아 있고 사방이 탁 트인 장소인데 내 앞 정면에 작은 팔각정 누각이 있는데 그 2층에서 내게 문제를 내는 것이었다.

그런데 그땐 내 뒤에 나와 가장 가까운 친구가 꼭 붙어 앉아서 응원하는 것이었다.

그곳에서의 문제들은 거의 내가 알 수 없는 것들이었다. 지금까지 문제들은 그래도 내가 아는 문제들도 꽤 있었는데 여기서는 단 한 문제도 내가 알 수 없는 것들이었다. 그러나 신기하게도 문제마다 천장에는 자막으로 그 문제의 답을 알려주는 이가 있었다. 그렇게 계속 문제를 맞혀 나갔으나 마지막엔 기력이 너무 쇠잔하여 문제의 답이 자막에 흘러가는데도 그것을 말할 기운조차 없는 지경이 되고 말았다. 뒤에 앉은 친구는 그 광경을 보며 안타까워 죽을 지경이었고….

끝내는 내가 체력의 한계를 느끼자 건물 위에서 방송멘트가 나왔다. 이젠 별수 없으니 그 바로 옆 건물에서 처형을 하겠단다. 결국 그들에게 끌려가 옆 건물로 가니 넓은 공간이 있고 한쪽 골목 안에서 먼저 온 사람들의 비명도 들리고 중앙엔 10평 남짓 한 무대가 있는데 그 위에 우리 아들 손자 등 가족들이 서 있는 게 아닌가?

그리고 나에게 최후로 또 시험이 시작되는 것이다. 피를 말리는 공방이 시작되는데 아내가 옆에 와서 자꾸 인슐린을 넣어야 한다는 둥 자기를 사랑하느냐는 둥 시간을 지체시켜서 아내에게 "빨리 비켜라. 저 문제 빨리 맞혀야 한다. 우리 아이들이 위험하다." 했지만 아내는 무슨 말인지 알아듣질 못하는 것 같았다.

그런데 어떤 문제, 어떤 경우든, 끝까지는 가지 않고 중간에 다시 또 상황이 바뀌어서 위기를 넘기곤 하는 것이었다. 얼마나 공방을 했는지 역시 결론이 나지 않자 이젠 할 수 없이 자연처형을 하겠단다. 그때 주위를 보니 고향에서 왔다는 옛날 소꿉친구, 내 친척, 가족들이 많이 와 있었다.

결국 처형장이라는 교실 같은 곳으로 자리를 옮기니 우리 가족들의 저마다 자기 식구들끼리 여기저기 한 무리씩 앉아 죽음을 기다리고 저세상에 가서도 꼭 만나야 하니 같이 붙어 있어야 한단다. 나는 정말 나 때문에 벌어진 이 상황에 대한 자책감으로 가슴이 미어지는 것이었다.

드디어 나는 침대에 뉘어지고 묶이고 내 머리맡과 발치에는 북어머리 등 간단한 건어물이 놓이고 옆에는 간호사가 있고 그래서 상황을 물으니 나는 이제 죽으면 돼지가 되기 때문에 돼지가 좋아하는 음식을 준비해 놓았다는 것이다. 그때 비로소 아내를 찾으니 아내는 저만치 딸네 가족과 함께 있단다. 잠시 있자니 안내방송이 나오는데 그 내용인즉 오늘 저녁 김종민 내외를 비롯한 직계가족 어린이를 포함 27명을 처형한다는 것이다.

그때 내 예감으로는 오후 7시까지는 2~3시간 정도 남은 것 같은 시간이었다. 이젠 정말 희망도 미련도 다 버리고 담담히 시간을 기다리고 있는데 장의사라는 사람이 나타나서 돈 3만 원을 내 가운 사이에 끼워주며 저승 갈 때 노잣돈이란다. 옆의 간호사와 장의사의 친분관계를 보니 아마도 그 처형장의 지정 장의사인 듯싶었다. 차츰 시간은 흘러가고 7시가 가까워져 오자 주위가 너무 조용해졌다. 아마도 모두 죽은 것인가?

그런데 이상하게도 나는 7시가 넘어도 죽지 않고(그 전에 사망한다는 주사를 맞았는데도) 오히려 정신이 더 말똥말똥해지는 게 아닌가?

내 주위엔 미국사람 귀신 등 각종 위협적인 광경들이 보이는데도 어디선가 어렴풋이 돼지 소리가 들리는데 나는 빨리 죽지 않는 것이었다. 내가 그 남자들에게 이것저것 물어보았으나 그 사람들은 오직 앞만 응시하고 있을 뿐 내 말에는 귀를 기울이지 않는 것이었다. 그러자 내 침대를 잠시 밀고 가는가 싶더니 어느 작은 공간에 옮겨 놓았다. 그 실내광경을 보니 작은 방들이 3~4개 정도 일렬로 있고 그 옆엔 의자도 있고 침대 비슷한 것도 있는데 그곳에 나와 가까운 분들의 모습이 보였다.
아마도 그 사람들도 처형을 기다리는 듯한 모습이었다. 이 모든 재앙이 나 때문에 생긴 일인 듯싶어 그 사람들에게 아는 척도 못 하고 있는데 "아, 저기 김 전무(김 전무는 과거 내가 직장에 있을 때 직함) 왔네." 하면서 큰 소리로 떠들어대니 모두가 나를 쳐

다보는데 어떤 이는 원망과 질책의 눈으로 어떤 이는 그저 담담하게 어떤 이는 마치 "이건 네 책임이 아니야." 하는 식의 친근한 눈길로 바라보는 것이었다.

그러나 내 마음은 평소 잘못 살아온 것에 대한 회한과 사죄에 대한 생각으로 결국 눈길을 다른 곳으로 돌리고 말았다. 어서 빨리 이 곤란한 태도를 결정하고 싶은 생각에 앞을 보니 그 처형장에 간호사인 듯한 여자 둘이서 업무를 보고 있는데 간호사들이 옆의 컴퓨터 화면을 보고 호명을 하면 예의 그 작은 방으로 들어가 최후를 맞는 것 같았다. 드디어 내 차례가 되었다.

그 간호사는 "여기 올 때 대소변을 다 보았느냐?"고 물었고 안 하고 왔다고 하니까 그럼 오빠가 간 다음에 우리가 치워야 하는데 30만 원을 내란다. 이에 나는 "그런 걸 진작 말해야지 지난번 옷 갈아입을 때 지갑이며 휴대전화며 다 놓고 왔는데 어쩌느냐? 뭐 내가 한 번이라도 죽어봤어야 그런 준비도 했을 거 아니냐? 그럼 잠시 내게 시간을 달라 화장실에 다녀오겠다." 하니 그게 허락되는 게 아니니 할 수 없단다.

그런데 내일 아침 식사는 무얼 하겠냐는 것이다. 그래서 도대체 잠시 후면 처형될 내가 무슨 내일이 있어서 식사문제를 거론하느냐 하니 그 간호사 왈 "왜요? 혹시 내일이 있을 수도 있잖아요?" 하는 것이었다. 그래서 내가 그럼 먼저 구내식당에서 먹은 육개장이 좋으니 그것으로 하겠다. 하니 자기들은 고기를 사 달랜다. 어쨌든 알았다고 건성으로 대답하게 되었다.

그 무렵 잠시 있자 하니 아내가 와서 이런저런 이야기를 하면서 여주 처남이 면회를 왔단다. 잠시 침대에서 내려 옆방으로 가니 원탁이 있고 아내와 처남이 앉아 있는 것이었다. 처남은 그날 새로 당선된 단체장과 저녁 약속이 있어 빨리 가야한다며 나보고 빨리 나아 여주에 한번 와야 할 것 아니냐 하는 것이었다. 그 말이 나는 자기도 나 때문에 죽으러 왔으면서 공연히 허전한 마음을 달래려고 하는 소리구나, 여겨져서 얼굴을 대하고 앉아 있기가 정말 바늘방석 같았다.

잠시 후 간호사가 와서 시간이 다 되었으니 빨리 끝내란다. 그래서 내가 스케줄대로 빨리 집행해 달라고 부탁하였다. 다시 침대로 돌아와 집행시간을 기다리게 되었다. 그날이 내 의식 중엔 토요일인 듯싶었다. 저녁이 다될 무렵 옆의 대형컴퓨터 화면에 드디어 내 이름이 떴다. 잠시 떠 있더니 1~2분 남기고는 카운트다운이 시작되고 그런데 카운트다운이 0이 되었는데도 집행은 안 하고 간호사는 자기 일만 하고 있는 것이었다. 오히려 답답한 쪽은 내 쪽이었다.

"왜 집행을 안 하느냐?" 물으니 오늘은 다른 처형이 없어 천천히 해도 된단다. 그사이 내 순서가 지나더니 다시 2차로 내 이름이 뜨고 또 카운트다운이 시작되고….

같은 순서가 2~3번 반복되는데도 두 간호사는 자기 일만 할 뿐 도무지 집행할 생각을 안 하고 있는 것이다. 그러자 드디어 컴퓨터 화면에 '오늘은 집행을 종료합니다.'라는 자막이 뜨는 게 아닌가? 한편 의아해하면서도 순간적인 안도감은 어떤 말로도 표현할 수 없었다. 그제야 간호사가 오늘은 집행이 끝났으니 하루 자고 내일 아침에 다시 하겠단다.

그럼 그 밤중에 내가 어딜 가서 잘 것인가 하니 그 간호사가 그래서 그 옆에 한화콘도가 있어 방을 예약해 두었는데 그곳에 가려면 환자로 위장하고 가야 한단다. 결국 환자인 양 침대에 뉘이고 옆에는 그것을 미는 사람도 아내도 따르고 있었다.

한화콘도 8층으로 기억이 되는데 그곳은 8층에 예약을 받는 안내데스크가 있고 여직원이 있고 컴퓨터 화면이 보이고 중앙 홀에는 방이 없어 대기하는 사람들이 많이 있는데 예약자가 아니면 안내데스크까지 접근할 수 없도록 경계선을 막아놓은 상태였다.

안내데스크 뒤쪽으로 긴 복도가 보이는데 복도 입구엔 두 사람의 남자가 보초를 서고 있었다. 나는 데스크 저만치 벽 옆에 침대 위에 뉘어졌고 예약순서를 기다리고 있는데 아까 처형장에서 만났던 가까운 3, 4명도 방을 얻으려고 그곳 경계선 밖에 와 있는 게 아닌가?

드디어 내 방이 28층으로 정해졌는데 침대가 네 개 있는 4인실 1개의 1박 비용이 무려 3,761만 원이란다. 그 많은 돈이 어디 있는가? 그런데 아내가 신한카드를 보여주면서 그것으로 결제하겠단다. 그래서 뭐 생애 마지막 밤이니 우아하게 콘도에서 잠자지 말고 밤새껏 이야기나 하자는 식으로 마음의 위안을 삼고 있었다. 그런데 대기 도중 앞에 무슨 경호원인 듯한 모자를 쓴 여자가 나를 잘 안다는 것이었다. 잠시 지나온 과거의 일들이 그 여자 때문에 파노라마처럼 기억에 생생히 떠오르는 것이었다.

방을 기다리며 잠시 있자니 '미연'이란 여자 분이 아이들과 남편과 함께 나타났는데 아내에게 언니, 언니 하면서 잘 아는 사이란다. 그런데 방이 없자 우리 방비용을 반반 부담하여 같이 쓰기로 하였다.

그때 내가 생리적인 현상이 너무 급해 그대로 침대에 실례를 하고 말았다. 그러지 예의 아까 그 처형장에 있었던 여직원들이 밤엔 그곳에서 근무하는지 그곳에 와 있다가 콘도 관계자들의 눈을 피해가며 나의 뒤처리를 다 해 주는 것이 아닌가?

잠시 후 주치의 선생님이 간호사 둘을 데리고 와서 나를 검사하시더니 어디로 옮기라는 신호를 하는 것 같았다. 조금 있자니 남자 두 사람이 와서 내 침대를 다른 곳으로 이동한단다. 그래서 내 짐이 옆에 있다고 하니 가져다줄 테니 걱정하지 말라는 것이다.

결국 내 침대를 빙빙 돌리더니 어느 사무실 같기도 하고 병실 같기도 한곳에 고정해놓았다. 앞을 보니 앞에는 4각형의 구획선이 있고 그 안엔 컴퓨터들이 보이고 어떤 컴퓨터 화면은 정면으로 나를 보고 있고 사각형 구획선 가장자리는 나와 같은 사람들이 침대에 누워있는 게 보이고 저만치 옆엔 무슨 특산품 판매코너가 있고 여직원들이 근무하고 있었다.

잠시 후 화장실에 가고 싶어 옆에 직원에게 말하니 가지 말고 그냥 해버리란다. 그러니 어쩌겠나? 미안하긴 하지만 급한 나머지 그냥 해버렸다. 그런데 그 용변을 볼 때 옆 특산품코너에 낯익은 여직원이 있었는데 아마도 내가 용변을 본다는 것을 알았는지 재미있다는 듯이 계속 웃으면서 나를 응시하고 똑같이 힘을 주는 것이 아닌가? 정말 그 광경은 백만 불짜리 개그가 아닐 수 없었다.

그 후 잠시 잠이 들었는지 언뜻 눈을 떠보니 아내가 비닐 가운(중환자실용)을 입고 내 앞에 서 있는 게 아닌가? 나에게 "언제

왔느냐? 어딜 갔는지 한참 찾았다."면서 너무 밝은 표정으로 밖에 있는 다른 가족들과 있었다는 둥 집에 가서 침대시트며 이불빨래를 다해놓고 왔다는 둥 마치 먼 나라 이야기 하듯 하고 있는 것이었다. 그러면서 빨리 집에 가야 한단다.

그래서 내가 "나는 이제 죽을 몸이고 아이들은 물론 친인척까지 다 죽게 하지 않았느냐(그때까지도 그런 줄 알았다). 내가 너무 후회스럽다. 그때 처음 마귀의 소굴에 갔을 때 우리 둘만 죽었으면 다른 가족들은 무사했을 것 아니냐?" 하며 후회의 말을 하자 아내는 어이없다는 듯

"아니 그게 무슨 소리냐? 죽긴 누가 죽었다고 하느냐? 아들은 송파에 있고 사위, 딸은 일산에 멀쩡히 있다."는 것이다. 그러나 그 말이 쉽게 믿어질 리가 있는가? 위로의 말로 들릴 수밖에….

그러나 잠시 후 아들이 오고 사위가 오고 딸이 오고 하는 걸 보면서 어렴풋이 정신이 드는 것 같았다. 곧이어 환자용 밥이 오고 내심 헷갈리면서도 차츰 정신이 드는 듯했다.

이날이 7월 27일, 내가 쓰러지고 꼭 일주일 만이었다. 드디어 일주일의 혼수상태에서 가냘프게나마 의식을 다시 찾은 첫날이 된 셈이다.

자세히 둘러보니 내가 있는 곳은 성모병원 중환자실이었다. 수시로 의사 선생님이 와서 상태를 점검하고 간호사가 와서 가슴에 박아 놓은 호스를 통하여 투석을 하였다.

그러나 차츰 정신은 드는 것 같은데 밤만 되면 또 마귀들과의 전쟁이었다.

이놈들이 나타나서 한다는 것이 교회를 비난하고 꿈에서도 교회를 가려고 하면 못 가게 방해하고 밤이 정말 너무 싫었다.

그러던 중 10월 1일인가 이젠 일반병실로 옮겨도 된다는 것이다. 우선 중환자실이 너무 춥고 음식도 입에 안 맞고, 여러 가지 불편하던 중, 반가운 소식이었다.
드디어 일반 병실로 옮기니 가족들이 빈번히 드나들 수 있고 따뜻한 음식도 중환자실보다는 낫고 또 입에 안 맞으면 좀

사다 먹을 수도 있고 한결 기분이 상쾌해졌다. 그런데 몸은 아
직 말을 듣지 않았다.

아직 혼자서는 화장실도 못 갈 정도로 양다리가 죽은 개구
리마냥 약간 굽은 상태로 굳어 있고 더구나 죽음 직전의 혼수
상태에서 항문이 열려 완전히 까뒤집힌 관계로 아픈 감각은
별로 없는데 내 의지대로 대소변을 할 수 없고 배설이 제멋대
로였다. 그 열린 항문은 그 후 내가 퇴원을 하고도 한참 동안
매일매일 조금씩 닫히더니 일 개월 만에 거의 회복된 것으로
기억된다.

일반병실로 오고 4일째 되는 날 밤(10월 4일) 그날 밤의 악몽
은 정말 극심했다. 물론 혼수상태에서 깨어나고도 밤만 되면
예의 그 마귀들이 나타나 교회와 선교사들을 비방하며 나를
괴롭히는 거다.

내가 어쩔 수 없이 "나는 기독교인이다. 내 안에 성령이 거
하신다!" 하고 외쳐봤지만 오히려 더 극성을 떨며 "웃기지 마
라! 네가 무슨 기독교인이냐? 그럼 기독교인이라는 것을 무엇

으로 증명하느냐? 물증이 있느냐?" 하는데 정말 난감한 일이었다.

내가 교회는 가긴 갔지만 쓰러지기 1~2개월 전 목사님께서 우리 집에 심방을 오셔서 마지못해 교회 가겠다고 약속을 했고 독실한 크리스천인 아내에 대한 내 나름대로의 배려차원(그야말로 교만이었다)에서 몇 번 예배에 참석한 게 고작이었다.

물론 젊은 시절 이런저런 기독교인들과의 친분관계가 많아서 교회 일에 관여해온 적은 있으나 성경을 이해한다든지 그리스도를 영접한다든지 그런 일들이 왠지 내 생리에 맞는 것 같지 않아 주위에 많은 분들이 그렇게 나를 위해 기도한다는데 그냥 귓등으로 흘려듣기 일쑤였다.

그러니 물증을 대라는 말에는 할 말이 없었다. 문득 눈을 뜨니 새벽 2시쯤인가 주위의 모든 환자들은 자고 있는데 조용히 간병하고 있는 아내를 깨워 펜과 종이를 부탁하니 볼펜은 있는데 종이가 무슨 고지서쪽지 같은 것밖에 없어 그것을 받아들고 이면에다 할 줄도 모르는 기도문을 정말 지푸라기라도 잡는 심정으로 써 내려갔다.

"하나님! 나를 살려주서서 고맙습니다. 그런데 아직도 저 마귀들이 계속해서 괴롭히고 있으니 저에게 물리칠 수 있는 힘과 용기를 주십시오. 이제부터는 진심으로 하나님을 믿으며 하나님의 뜻대로 살겠습니다."

간절한 기도문을 썼다. 그러고 나니 아침이 되어 아내에게 반포기독교서점에 가서 목에 걸 수 있는 십자가를 하나 사달라고 부탁했다. 그놈들이 물증을 대라고 했으니까 오늘 밤은 이 십자가를 목에 걸고 물증으로 제시하고 한 번 정면으로 대결하리라. 굳게 다짐하게 되었다.

그런데 그날(10월 5일) 오후가 되자 '수지사랑의 교회'에서 전도사님과 여제자반 약 10여 명이 문병을 오셨다. 그래서 내가 그 자리에서 그간 내가 겪은 사연들을 간단히 설명하고 기독교인도 아닌 주제에 내가 쓴 기도문을 여러 사람들 앞에서 낭독하였다. 그것은 내 나름대로의 잠시 후에 벌어질 마귀들과의 결전을 앞둔 나의 결연한 의지의 표현일 수도 있었을 것이다. 그리고 전도사님, 성도님들의 기도가 이어지고…

한결 마음이 든든해짐을 느낄 수 있었다. 특히 여자 전도사님의 앞머리는 앞으로 흘러내리고 "예수의 이름으로 명하노니 마귀는 물러갈 지어다!" 하는데 내가 보기에도 소름이 끼칠 정도였다. 드디어 잠자리에 들 시간, 10시쯤으로 기억된다. 십자가를 목에 걸고 잠을 청했다. 다른 때 같으면 쉽게 잠이 오질 않는데 그날은 자리에 누워 잠깐 눈을 붙였다가 금방 눈을 뜬 기분인데 번쩍 눈을 뜨니 다음 날 아침 7시가 되어 있었다.

죽은 듯이 잔다. 라는 말과 같이 온갖 극성을 떨던 그것들은 자취도 없어지고 고요하게 정말 고요하게 일순간에 잠을 잔 것이다. 그런데 이게 웬일인가? 그렇게 나를 괴롭히던 마귀들이 온데간데없고 너무나 조용한 밤을 보낼 수 있었던 것 같다.

그래서 그때야 정신이 번쩍 들었다. "아하! 그럼 지금까지 나를 지켜주신 이가 하나님이신가 보다!" 그 후로 지금까지 으레 잠자리에 들 때면 그 십자가를 목에 걸고 자게 되었다. 이로써 내가 쓰러지고 회생하기까지 약 20여 일의 여정이 끝난 것이다. (2010년 10월 1일에 기록했다.)

생각하면 나에게는 100년보다 더 긴 여정이었던 같다. 그래서 퇴원하고 어느 정도 기력을 찾아 스스로 걷게 되고 최초의 외출이 주일날 교회에 출석한 일이었다. 불과 1개월 여전 내가 쓰러지기 전에 교회에 왔을 때와 지금의 교회 모습이나 성도들, 목사님까지도 그대로인데 나는 너무나 새롭고 찬송가('왜 나만 겪는 고통이냐고…'로 시작되는, '주님 손잡고 일어서세요') 소리에 울컥 눈물이 나고 이루 형용할 수 없는 기쁨과 감동이 밀려오는 것이었다.

또한 가족보다 더 가족 같은 교우님들께 진심으로 감사하는 마음이 우러나오는 것이었다. 한편으로 아내와 딸, 또 주위의 많은 이들의 권유가 있었고 나를 위해 그렇게 많은 기도를 한다는데 그것을 장난처럼 받아들이고 교만을 떨었던 게 후회스럽기도 한 것이다. 진작에 하나님을 영접하고 신앙으로 단단히 무장되어 있었더라면 이번 같은 시련도 쉽게 넘기지 않았을까 하는 아쉬움도 생기는 것이었다.

그럼에도 불구하고 내가 어려운 문제에 봉착할 때마다 자막으로 답을 알려준 이는 누구일까? 또한 마지막 처형이 지연되고 다음 날로 연기하게 된 것은 왜인가? 또한 지난 6~7년 동안 갖은 위기 속에서도 건강을 회복시킬 수 있도록 제3의 에너지를 준 이는 누구인가?

이상의 체험으로 볼 때 분명히 누군가가 나를 죽음에서 구해준 것을 확신할 수 있었다. 그렇다면 그 모든 정황으로 봐서 그분이 하나님이라고 믿기에 이르렀다. 그것은 비록 나는 확고한 신앙자는 아니었지만 사랑하는 아내와 딸, 그리고 2,000여 교회 성도님들, 목사님들, 그리고 나를 아는 모든 분들이 나를 위해 얼마나 많은 기도를 했겠는가?

확실한 기도의 응답이라고 확신한다. 옛말에 '지성이면 감천'이요, '입술이 고사'라는 속담도 있듯이 그 많은 사람의 부르짖음을 하나님께서 외면하시지 않으신 것이라고 본다. 그 시점에서 내가 죽으면 당신에 영광을 가릴 수도 있지 않은가? 그때부터 나는 교회출석은 물론 한 번도 해보지 아니한 전도까지 하기에 이르렀다.

살아생전 죽어서의 일을 예비한다는 것을 황당하게 생각할

수도 있겠으나 미리 준비하지 않고 죽음을 맞이해서 영혼의
노숙자가 된다면 얼마나 통탄할 일인가?

내가 한 번 겪어보니 이보다 중요한 일, 이보다 바쁜 일은 없
다는 것을 깨닫게 되었다. 그렇다고 살아서 하는 그 준비가
뭐 그리 어려운 게 아니지 않은가? 하나님을 영접하고 성경대
로 살아가면 되는 것이다.

나는 또 중요한 것을 깨달았다. 인간은 태어나면서부터 각
종 인연으로 얽혀 살아가게 된다. 그것은 혈연血緣, 학연學緣, 지
연知緣 군연軍緣, 우연偶然, 그러나 그 모든 것에 우선하는 인연
이 있는데 그것은 영연靈緣이다.

영혼의 인연 즉 믿음의 인연이다. 이것을 내가 경험해보니까
가족보다 더 가족 같은 끈끈한 인연이었다. 교우 가운데 누가
아프다, 입원을 했다 하면 그 집과 그 병원은 문병으로 문지방
이 닳고… 휴대전화는 불이 나고… 교회광고에 중보기도명단
이 올라가서 수많은 성도들이 통성으로 기도하고….

'영연'을 뺀 나머지 인연들은 우리가 세상을 살아갈 때만 유

효하고 죽음과 동시에 단절된다. 그러나 '영연'은 살아서는 물론 죽어서도 이어지지 않는가?

어느 형제, 어느 가족이 그리하겠는가? 요양원 관계자의 말에 의하면 입원한 노인이 사망 직전이 되면 가족에게 전화를 한단다. 그러면 가족이 울고불고 당장 달려오는 것이 아니라 아니 왜 돌아가시지도 않았는데 전활 하느냐? 돌아가시면 인근의 큰 병원 영안실에 모셔놓고 다시 연락해달라고 한단다. 이런 세태를 살고 있는 분명한 현실! (물론 모든 사람이 다 그런 건 아니겠지만 말이다.)

이 땅에서는 가족이라 하더라도 사랑할 대상이지 믿을 대상은 아니라는 걸 당해보지 않고서도 알 수 없는 것인데 당하고 나서야 "자식새끼들 다 필요 없어!" 욕하며 원통해 한들 무슨 소용이 있겠는가? 아직도 노령연금, 노후 보험 등으로 노후 준비를 한다고 법석을 떨면서 이 간단한 천국보험은 왜 안 드는가? 그래서 인생의 노후준비만 필요한 것이 아니라 영생을 위한 영혼의 준비를 꼭 해두어야 한다는 것이다.

지금까지의 얘기를 내가 퇴원 후 사업을 하시는 어느 지인을 만나서 했더니만 그 사람이 다 듣고 난 후 한다는 첫마디가 "전무님도 맛이 갔구먼요."였다.

글쎄? 내가 맛이 간 건지? 그분이 아직 정신을 못 차린 건지는 하나님만 아실 것 같다. 그때부터 나는 일상에서 만나는 모든 사람들을 하나님이 변장하고 내 앞에 빚 받으러 오셨다고 생각하고 진심으로 섬기고자 노력을 한다.

후일담

모든 것은 자신이 선택하는 것이다. 착하게 사는 것도 자유요, 감옥에 가더라도 악하게 사는 것도 자유다. 공부하는 것도 자유요, 안 하는 것도 자유다. 가정을 천국으로 만드는 것도 자유요, 지옥으로 만드는 것도 자유다. 다만 그 결과에 대한 책임은 자신이 지는 것이다.

흔한 말로 '종교는 자유'라고 한다. 하나님을 믿는 것도 자유요, 안 믿는 것도 자유다. 영혼의 준비를 하는 것도 자유요. 안 하는 것도 자유다. 그러나 그날에 준비된 대로 오는 결과에 대한 책임은 자신이 져야 한다는 것이다.

천국이든 지옥이든… 영생이든 영벌이든….

* 신비체험은 각자에 따라 다를 수 있기 때문에 나의 체험을 절대화할 수 없을 것이다. 다만 성경의 야곱에게, 요셉에게, 사무엘에게, 다니엘에게도 각기 다른 기사와 이적, 신비체험이 있었기에 김종민에게 나타난 상기의 기록도 어떤 이에게는 참고가 되고 어떤 이에게는 경종이 될 수 있기를 바랄 뿐이다.

김종민
자전칼럼
14

하나님 전상서 - 70대 이후

하나님! 제가 70평생 살아오는 동안
의 삶을 하나님께서는 당신의 손바닥에 놓고 공깃돌 주무르시
듯 하신 거 잘 압니다. 저는 그것도 모르고 내 운명으로 태어
나서 내 의지대로 살아가는 줄 착각했던 것도 잘 압니다.

돌이켜보면 지난 세월 몇 번의 죽을 고비가 있었습니까?
아홉 살 때 고향들판 성준 네 웅덩이에 빠져 거의 익사 전에
마침 친척 형을 지나가게 해서 구사일생 살아나게 한 일⋯.

군대 시절 외출 후 귀대해서 밤 11시에 비행장활주로 옆길에서 부대 덤프트럭을 타고 가다가 앞문으로 추락하여 앞뒤 바퀴 사이에 끼어 5m를 끌려가면서도 바퀴가 내 몸을 넘지 않고 팔과 다리에 찰과상만 입혀서 살아나게 한 일….

삼십 대 후반 대기업 중견사원 시절에 가까운 군인 친구들과 전방에 놀러 갔다 가을날 새벽길 안개로 길을 잘못 들어 기찻길 산모퉁이를 무심히 건너던 중, 갑자기 들이닥친 새벽 기차에 치일 뻔한 0.1초의 기적으로 살아난 일….

2007년부터 2010년까지 심근경색, 뇌진탕 등 3~4회에 걸친 생사의 갈림길에 섰던 일….

모르는 사람들은 기적이라고 하지만 하나님 손안에 있는 공깃돌인 나는 그저 하나님이 던지면 하늘 높이 치솟았다가 잠시 후 다시 하나님 손바닥에 떨어지는 그저 하나님의 매뉴얼대로 움직였을 뿐인 것도 압니다.

저희 직계 가계는 그리 장수한 가계가 아니더군요.

아버님은 연세 칠십이 되는 해에 작고하셨고 제 바로 세 살 터울 형님은 스물한 살 꽃다운 나이에 소천하였습니다.

그 모든 가족들 중 제가 가장 약골로 태어났지만 석유등잔 불이 바람에 흔들리듯 꺼질 듯 꺼질 듯하다 다시 심지가 살아난 것은 끊임없이 석유를 공급하시는 당신의 배려 때문인 것도 이젠 잘 압니다.

하나님! 다른 사람 같으면 한 가지 병만으로도 생사가 갈릴 수 있는 중증을 세네 개 갖고 있으면서도 이렇게 생명을 유지할 수 있는 게 저는 제의지 때문인 것으로 착각하고 있었습니다.

그러나 결코 아니지요.
제 교만이 얼마나 가소로우셨나요?
용서하여 주소서!
이제야 모든 걸 깨닫고 보니 너무나 홀가분하고 평안함을 고백합니다.

보통사람들은 별 의식 없이 반복되는 하루하루를 저는 치열

한 전투 속에서 살아가고 있습니다.

인슐린주사 하루에 4번 맞아야지요….

병원 약 삼시 세끼 챙겨 먹어야 하지요….

변비약이 없으면 배변이 안 되지요….

눈이 위태위태하니 안약 꼭 챙겨 넣어야지요….

당뇨식이요법, 신장식이요법, 심장식이요법 해야지요….

병원진료 1~2개월에 한 번씩 받아야 하지요….

아침마다 혈당검사, 소변량, 몸무게 변환 점검해야지요….

혈당과 심장은 운동을 하라고 하고, 눈과 신장은 절대 안정하라고 하고….

짧은 하루가 제겐 너무나도 긴 여정입니다.

그럼에도 불구하고 늘 하나님께 감사하고 있습니다.

비록 잠자리에 들 시간에서야 오늘도 무사한 걸 감사하면서 내일이 마지막일 수도 있다는 압박감 속에 지고 새는 나날이지만 내 탓이 아닌 하나님의 일정표라고 떠넘기니까 편안하고요.

뻑쩍지근하게 화려하진 못했지만 회상할 수 있는 지난날을 늘 꿈속에서 체험하고 있으니 행복합니다.

언제 어디서 어떤 방법으로 당신이 저를 부르실 줄은 모르겠지만 어느 순간이 오더라도 미련을 갖지 않게 하여주시고, 세상을 원망하지 않게 하여주시고, 가족과 주변 사람들이 나 때문에 고통당하는 일이 없게 하여 주옵소서!

저를 만나주신 주님, 예수그리스도의 이름으로 기도드립니다.

에필 로그

올챙이가 놀던 우물가 이야기

．．

우리 동네 이름은 '동물'이다. 원래 이름은 '동우물'이었는데 언제부터인가 부르기 쉽게 '동물'로 되었단다. 경기도의 최남단 인 안성의 끝자락에 매달려서 남쪽 '매산' 너머엔 충북이고 동 쪽과 뒤쪽 '노승산' 너머는 이천군이다. 마을 앞쪽엔 넓은 들 판과 '질팩이 웅덩이'와 '삼형제 웅덩이'가 있는데 물고기를 엄 청 많이 잡던 식량의 보고였다.

등 뒤에서 북풍한설을 막아주던 '노승산'은 기가 막힌 폭포 며 '말바위', '굴바위'가 있어서 단골 소풍장소로 안성맞춤이었 으며 4개 부락의 땔감 조달처이기도 하였다. 신작로 삼거리인 동네 입구엔 버스정류장과 순이네 구멍가게가 있는데 시간도 잘 안 지키는 버스 기다릴 땐 두 시간이고, 세 시간이고 기다릴 수 있는 대기소 같은 곳이었다.

삼거리를 거처 동네 입구에 들어서면 외딴집 두 채와 성당이 등대처럼 보이는 '쉰다랭이'가 있고 행길 따라 주욱 들어오면 아랫동네, 윗동네, 살구나무집 언덕을 넘으면 '빼나꼴' 그리고 그 옆엔 '어정'이라는 작은 동산이 있다. 특히 '어정'은 동네 끝 부분 빼나꼴 앞자락이 있는데 동네 사람들 달 구경, 보름날 불놀이, 섣달 그믐날 쥐불놀이와 인근 동네 구름밭이나 댕미리네 얘들과 전쟁을 할 때는 최전방전진기지로서 동네 형들이 저녁마다 모여 작전회의도 하고 군수물자를 쌓아 놓기도 하는 곳이었다.

겨울철엔 연날리기, 비탈진 골자기 아카시아 숲엔 산새들이 많아서 덮치기를 놓아 새를 잡아먹기도 하였으며 으스름달밤 이면 눈 맞은 처녀, 총각들이 몰래 속삭일 수 있게 훼방꾼들을 등짝으로 가려주기도 하는 그야말로 주야장창 우리들을 위한 로망이었던 것 같다.

그중에 우리 집은 유일한 동네 기와집인 성준네 집 옆에 있으면서 아랫동네와 윗동네를 왕래하는 길목에 자리 잡고 있었으며 집 뒤쪽엔 우리 소유의 약 7,000평 정도의 참나무가 울창

한 뒷동산이 있었다. 그 뒷동산은 매일 아침 아버지가 새벽이슬에 바짓가랑이를 흠뻑 적셔가며 각종 버섯을 따오시던 곳이었으며 겨울철엔 연료로 쓸 장작을 베어오는 곳이기도 하였다.

우리 동네 오른쪽 겨드랑이쯤 위치에 방앗간이 있고 마차가다닐 수 있는 황톳길을 따라 동네 등 뒤로 넘어가면 '능내골', '가래골', '국골'이 차례로 나오는데 '능내골'은 비탈진 구릉에 자리 잡은 40호가량 되는 동네이고 '노승산'의 오른쪽엔 '가래골', 왼쪽 어깨는 '삼실이 고개', 그 한가운데 움푹 패여 잘 안 보이는 골짜기에 '국골'이 있다.

그 4개 부락이 마치 수줍은 시골 아낙이 쪼그려 소피를 보고 있는 형상을 연출하고 있었다. 두부 같은 언덕을 살짝 헤집고 내려오는 폭포에서 내려오는 물줄기는 내川를 이루어 '국골' 동네를 가로질러 발치 쪽 '재처논골'로 해서 청미천으로 합류하여 남한강 상류로 연결되고 있었다.

그렇게 옹기종기 모여 앉은 4개 부락을 한데 묶어 '능국리'라고 하였다. 그런데 참말로 이상한 것은 그 4개 부락 중에 우리 동네가 제일 번화하고 넓은 들판을 끼고 있었는데도 제일 가난한 동네였다는 것이다. 우리 동네 애들은 초등학교만 나오기 바쁘게 그저 농사꾼이 되는데 그쪽 동네 애들은 서울이나

읍내로 대부분 유학을 가는 것이었다.

물론 가난한 탓도 있겠지만 그 동네 부모들에 비해 우리 동네 부모들은 아마 덜 깨어 있지 않았나 싶다. 그때 생각하면 봄방학, 여름방학, 겨울방학 때마다 서울로 유학 갔던 뒷동네 애들이 얼굴 때깔도 허여멀겋게 살이 포동포동 찌고 엄청 비싼 교복을 빼입고 더러는 ROTC 장교가 되어 어깨엔 번쩍번쩍 빛나는 계급장에 금테 두른 군모를 쓰고 폼 잡고 지나가는 모습을 보면 얼마나 부러웠던지…

쑥스럽고 창피해서 모른 척 딴청을 피우며 일만 하고 있을라

치면 그냥 지나갈 것이지 굳이 손까지 흔들어가며 반갑다고 인
사를 할라치면 한편 고맙기도 하면서 얄밉고 배 아픈 건 사실
이니 어쩌랴! 그나마 위안이 되는 건 '대처'. 나가는 길목은 우
리 동네가 꽉 잡고 있었으니까! '능내골', '국골', '가래골', '장리울',
'한정골', '진개울' 등 모든 동네가 촌동네로 보였다는 사실이다.
그것 하나 가지고 텃세도 부리고 으스댈 수 있었으니까….

　다만 우리 동네도 '주래 장터'에 나가면 갑甲과 을乙이 바뀌는
형국이었지만 말이다.

　여름철 장마에 비가 많이 오면 '주래다리'가 끊기거나 '꺼먹
다리'가 물에 잠기기 일쑤여서 합법적으로 학교를 못 가는 신

나는 날도 간혹 있었다. 비가 많이 올 때는 종이우산 같은 건 금방 찢어져 버리고 짚으로 엮은 '도랭이'나 군용우비라도 하나 있으면 그나마 상류층이고 대부분의 얘들은 김칫국 벌겋게 밴 보재기(보자기)에 책과 도시락을 함께 싸서 허리춤에 꽉 묶고 바지는 허벅지까지 걷어 올리고(걷는다고 안 젖는 것도 아닌데) 신발은 벗어들고 울퉁불퉁한 자갈길을 냅다 뛰어갈라치면 무지막지한 후생사업 도락꾸(트럭)가 흙탕물을 왕창 튀기면 생쥐처럼 옴팡 뒤집어쓰기 일쑤였다.

그런 몰골로 학교에 가면 옷은 팬티까지 젖어 있어 차갑기도 하고 찜찜해서 영 공부가 안 되는 것이었다. 두세 시간 지나면 겨우 뻣뻣하게 옷은 말랐는데 노곤하고 졸려 오늘 무슨 공부를 했는지 선생님 말씀은 그저 귀청만 윙윙 때리는 것 같았다.

구레용(크레용), 습자지를 안 가져 왔다고 손들고 벌섰던 생각도 난다. 그러나 생각해 보니 그때 그 시절 동물 사는 애로서 가졌던 긍지와 우쭐했던 기분은 그야말로 행복한 올챙이였다는 사실이다.

한평생 살아온 질곡과 난곡을 되돌아보니 마치 4개 부락이 옹기종기 모여 살던 골짜기마다 의미가 있고 이야기가 깃들어

있듯이 내 삶에 골짜기 골짜기마다 그 어느 것 하나 의미 없는 것이 없고 기막힌 이야기가 배어 있지 않은 것이 없으니….

아~ 그래도 그 골짜기마다 이야기는 두고두고 건너 세상에 가서도 귀담아들을 만한 것이 아닌가?

나 돌 같은 사람 되리라!

김종민

태초에 막 뿜어낸 용암기운에 웅장함 그대로를 간직한 奇巖絶壁.
신의 손으로 빚어내어서 기기묘묘한 예술의 극상품이 된 形象石.
만세에 생명의 혼적을 남기려고 기꺼이 불 속으로 뛰어든 鎔巖石.

한결같이 빛나고, 따뜻한, 표정으로 무한사랑을 가르쳐준 愛撫石.
허전한 모퉁이를 채우고 짐 진 자의 징검다리가 되어 주는 盤石.
단단하여 나라성벽이 되고 집집마다의 돌담 되어 지켜주는 護石.
수수만년 흐르는 물속 인내로서 쓸리고 뒹굴려도 순응하는 謙石.
크고, 작고, 혹은, 넓고, 좁아도 편편하여 길손을 쉬게 하는 倚石.

나 그대들을 볼 때마다 다시 한 번 결심한다네.
나 그대들을 만질 때마다 또 한 번 다짐한다네.

채우는 사랑보다 베푸는 사랑의 소중함을 일깨워준 愛撫石이 되고,
허전한 옆구리 채워주고 무거운 발걸음 가볍게 해 주는 盤石이 되고
어둔 길 밝혀 지켜주는 해와 달처럼 늘 곁에 머무는 護石이 되고,
앞서 달려 봉우리에 섰어도 저 아래 조약돌 잊지 않는 謙石이 되고
거센 물살바람에 흔들리고 부딪쳐도 부서지지 않는 倚石이 되리라.

억겁의 세월 가도 결코 무르지 않는 그대(石)의 貞節을 본받으리라.

나 돌 같은 사람 되리.
나 돌 같은 사람 되리라.